いつだって、今ここから

宮嶋 英子
MIYAJIMA Eiko

文芸社

いつだって、今ここから　目次

第一章　震災前の日々

病弱な幼少時代

父の故郷、沖縄で私は生まれた。父は医師、母は元看護師だった。

生まれてすぐ、私の心臓に異常があることを知ったという。両親はどんなに心配しただろうか……。

心臓に穴があいている、「心室中隔欠損症」という病気だ。この先天性心疾患を持って生まれてきた私のために、高度な先進医療設備がある内地（本土）への移住を、父と同じ医師の伯父（父の兄）から勧められたという。私の持病が、両親の人生に大きな影響を与えたことがうかがえる。

生後四ヵ月で沖縄、那覇市を離れ、秋田で暮らすことになった。

心臓病のため、幼稚園、小学校時代の私は、日常生活にそれほど影響はなかったが、激しい運動ができず、体育の時間は、見学することも少なくなかった。体育の授業だけではなく、運動会が嫌いだった。開会式の入場行進や、ラジオ体操、ダンスなどしか参加できず、手持ち無沙汰だったから、皆で食べる昼食以外は、我が家で留守番をしていたいとずっと思っていたものだ。

小学四年生の時の担任教師は、運動ができない私に同情してくれたのだと思う。私をなにかと優遇してくれた。数人の男の子たちは、そのことが気にいらない。「えこひいき、えこひいき」と、陰口を叩かれ、いじめを受けるようになった。

休憩時間、席を離れたすきに、教科書や、筆記用具を隠されたり、ゴミ箱に捨てられたこともある。下駄箱に置いてある私の外靴を隠されたり、汚されたりして、下校時、泣きたい気持ちにさせられたこともある。けれども、それらの事実を私は誰にも話さなかった。少なくとも、両親には絶対知られたくないと思っていた。ただでさえ、持病があり心配をかけているのに、これ以上の心配はさせられないという、強い意志があったから……。

子供ながらに、「親や教師に相談すれば、よけい自分が不利になる」と思い、毅然とした態度で、このいじめをやり過ごすことができた。

悪い時は必ずいつか過ぎる。慌てず静かに待てばよい時が来るという貴重な体験だった。

両親が病弱な私を特別扱いせずに、一歳年下の妹と分け隔てなく育ててくれたおかげで、運動が苦手な自分にあまり引け目を感じずに済んだのだと感謝している。

心臓手術

四年生の夏休みから二ヵ月入院して、心室の穴を塞ぐ八時間にも及ぶ手術を受けた。

手術の成功率は高いから安心と、以前から聞かされていたのだが、両親に見送られ手術室に向かう際、ストレッチャーに乗せられると、「手術が成功して、確実に再び両親のもとに戻ってこられるのだろうか」と、急に不安になり、逃げ出したい気持ちになった。そんな私に、両親は「大丈夫だから」と、声をかけ、私の手を強く握りしめてくれたことを今でも覚えている。

手術室に入り、全身麻酔をされてからは、全く記憶がない。集中治療室で麻酔から覚醒した時は、両手足が固定されていて胸全体に焼かれたような激しい痛みを感じたが、すぐにまた注射をされ、眠ってしまった。

術後の経過は良好で、起き上がったのも、食事を食べられるようになったのも、「今までの患者さんの中で、一番早い回復」と言われたのが自慢だ。

担任の先生が書かせたのだろうが、入院中病室に、クラスメイト全員から手紙が届いた。

「元気な体になって、早く学校に戻って来てください」という同じような文面の手紙が、約四十通。うれしさ半面、「さんざんいじめていたくせに、何をいまさら」と、数人の男の子たちには、白々しさを感じた。母から早く返事を書きなさいと促されて、辟易したのを覚えている。

その年はちょうど、東京オリンピックが開催された一九六四年だった。手術で健康になり、どんな運動もできる新しい自分に期待し、前途が広がったような気がした。

でも、そんなに甘くはなかった……。

ほぼ九年間、大した運動をしてこなかったのに、突然、「これからは、いろいろ運動をしても大丈夫だよ」と言われても、簡単にはできなかった。走ってみれば、当然ながら遅い。球技も上手くできなかった。マラソン大会では、走る前から恐怖感に襲われ、過呼吸発作を起こしそうになった。

そんな状態だったから、かえって運動に対してコンプレックスを抱くようになった。手術を受ければ明るい未来が開けると思っていた分、よけい、運動の苦手な自分が情けなく、腑甲斐なかった。

女子中学・高校時代

小学校卒業後、男女共学の公立中学校ではなく、私立の中学・高校一貫の女子校へ入学することを、両親は私に勧めた。おそらく両親は、運動能力の低い私を案じ考慮したのだろうと思う。

両親のアドバイスを受けて入学したカトリック系の女子校での六年間は、私に適していて、楽しく、心穏やかに過ごせた。相変わらず運動は苦手だったので、部活は合唱部に所属した。それほど厳しい高校受験もなかったから、大好きな読書や詩を書いたりすることに、充分時間を割くこともできた。

国語の先生の影響で、多感な時期に乱読ではあったが多くの文学作品を読んだことが、六年間で最も有意義だったような気がする。

中学では年に数回、校舎とは別棟にある聖堂で「宗教」の時間があり、美しい音色の讃美歌に魅せられた。
説話はあまり好きではなかったが、心に深く刻まれた聖書の言葉がある。
「叩けよさらば開かれん」（新約聖書マタイによる福音書七章七節）
今までの人生で、事あるごとに、私を励ましてくれる言葉に出合えた。

歯科医師になる

のんびり過ごした中学・高校生活だったから、大学受験は厳しく苦労したが、なんとか小さい頃から憧れていた、医療系に進学できた。

しかし、ようやく入学できた歯科大学で、私は愕然とした。

歯科大学に入学して実習が始まると、自分がいかに不器用なのかを知ることになったのだ。それまで正直言ってそれほど自分が不器用だとは気がつかなかった。

考えてみれば、私は小さい頃から虫歯が一本もなく、歯医者さんに通った経験が全くなかったのだ。だから、歯科医師の仕事がどんなに細かい作業なのかも知らなかった。

自分には、最も不向きな職業だったかもしれない……。

自ら、いばらの道を選んでしまったようだ……。

いやしかし、選択してしまったのだから、もう後戻りできない。そんな気持ちで、六年間の大学時代を過ごした。

　実習は厳しかった。一段階ずつ細かくチェックされて教員から許可されなければ、次のステップに進むことができなかった。周りを見わたせば、自分だけがどんどん皆から後れて取り残されるのではないかと、焦りと不安に押しつぶされそうだった。

　そんな私に、

「普通の人が二回の練習でできるようになるとすれば、あなたは、十回くらいやるしかない。そう覚悟して頑張りなさい」

と、親しく接してくれたK教授から言われた時は、厳しい言葉に泣きたい気持ちだった。当時の歯科医師国家試験には、筆記試験も実技試験も必須で、どちらも高い得点が求められ、とにかく頑張るしかなかった。

私と同様に実習で苦労した級友は少なくなかったから心強かった。実習時間に仕上げることができずに、実習室に居残り、夜遅くまで実習を続けた。そのうち、皆で空腹を我慢できなくなり、お弁当を当番で買い出しに行ったり、出前を取ったりして、夕飯も学内で済ませるようになった。

そんな苦労を重ねて国家試験に合格して得た、歯科医師免許は格別の重みを感じた。

水泳に挑戦

大学卒業後、勤務先の院長先生が温厚でほめ上手だったことから、私は大学時代よりものびのびと歯科治療に専念できた気がする。社会人として、心に少し余裕を持てるようになったからかもしれない。

いつまでも苦手な運動にコンプレックスを抱いている自分を、変えたいと思うようになった。偶然読んだ雑誌に、「水泳は何歳から始めてもできるスポーツ」という記事を見つけて、「よし、これだ」と、決心した。

初心者向けのコースを選び、仕事の帰り、週に一回懸命に水泳教室に通った。

幸い水に対する恐怖心があまりなかったから、思ったよりスムーズに、クロール、平泳ぎ、背泳ぎが二十五メートル泳げるようになった。次の種目のバタフライを習い始めた頃、結婚や転勤などの諸事情により、水泳教室をやめたが、運動の爽快感や達成感を知ることができた。

そして何より、これでようやく、幼い頃からの長い宿題をやり遂げたような気持ちで、充実感に満たされた。いつか、他のスポーツにも挑戦してみたいという、前向きな気持ちを持てるようにもなった。

結婚

大学の同級生だった現在の夫と結婚したのは、大学卒業後の秋である。

秋田の実家に、学生時代から交際していた彼を連れて行き、両親に会わせると、父が彼を気にいってくれたのが幸いだった。

「同じ歯科医師同士であれば、助け合って幸せに暮らしていけるだろう。私たちのことは、何も心配いらないから、自分のことだけ考えなさい」

という父の言葉に、私は安堵した。

実は、私は長女だし、幼い頃病弱だったこともあったから、長男である彼との結婚に父から反対されるかもしれないと、危惧していたのだ……。

私の心臓病治療のため、故郷の沖縄を離れ、遠い東北の地に住むことになった父を思うと、もし彼との結婚を反対されたら、諦めることも致し方無いと考えていた。

そんなことを微塵も感じさせない父の言葉がうれしく、感謝しかなかった。

結婚後は、夜七時までの診療を終えてから帰宅する生活だったが、勤務先の近くに住まいを借りたことと、父の言った通り同職の夫の理解が大きかったから、家庭との両立でも大変な思いをせずに済んだ。大学の同級生だった頃の関係とあまり変わらず、家事の負担は少なく、東京での三年間の二人の暮らしは充実した日々だった。

歯科医院開業

私たち夫婦は東京の別々の歯科医院で数年間勤務した後、夫の故郷福島県浜通りにある双葉郡富岡町で、歯科医院を開業した。

勤務医と経営者とでは、かなりの違いがあった。何とか二人で歯科医師としての技術を身に付けての開業だったが、経営者としては未熟者だった。

当初、自分たちより年長者の歯科衛生士や、歯科助手を雇用することになり、お互いに仕事をしにくい面もあった。経営者としての自覚もまだ不充分で、彼女たちに対して配慮不足もあったと思う。

そんな私たち夫婦を、夫の両親は身近で見ていて、さぞかし心配だったと思う。

当時、二人はタクシー会社を経営していて、数十人の従業員を雇っていたから、

「従業員をもっと労わってやらないと、ついてきてくれないよ」

と、アドバイスされたことがある。

職種の違いもあり、若かった私たちはあまり、そんな両親の言葉に耳を傾けなかった。

のちに有給休暇に関して、従業員から不平を言われる事態に陥ったことがあった。あまりにも雇い主として認識不足だったと思う。そんな経験を積み重ねながら、少しずつ経営者としての自覚を深めていった。

治療に関しても、同じ診療室で初めて夫と一緒に仕事をしてみて、歯科医師としての力量の差を痛感することになった。どんな難症例でも手早く的確な治療ができる夫に比較して、治療技術の未熟さを露呈することになり、私は治療への自信をなくし、自分が担当している患者さんに申し訳ないという気持ちを抱くようになった。

そんな私の塞ぎがちな気持ちを、一緒に仕事をしているスタッフたちが気づいてくれたようで、あたたかい配慮をしてくれた。

「英子先生のファンだという患者さんもいっぱいいますよ」

彼女たちの言葉がありがたかった。

歯科医師としての資質や能力、自信を失いかけていた私は、この言葉に救われた気がした。

そんなことから、信頼できるスタッフは私にとって、単なる従業員という感覚ではなくなり、家族の一員と同じように思えた。彼女たちも私に心を許し、仕事以外のプライベートなことも相談してくれるようになった。そんな親密な信頼関係を、私はずっと誇らしく感じている。

出産、母親になる

「心室中隔欠損症」の手術を受けたとは言え、妊娠、出産は、心臓にかなりの負担がかかることから、健康な女性に比較して、いろいろ心配な点があった。高齢出産（当時は三十歳以上が高齢出産）になると、さらにリスクが増えると危惧していたが、幸いにも、二十九歳ぎりぎりでの出産だったから、私自身は単純に安心していた。両親は私の身体をかなり心配していたようだが、つわりも全くなく、妊娠期間中もいつもと変わらず仕事を続けられた私には、ほとんど不安がなかった。

里帰り出産を控え、秋田の実家に帰ると、緊張がほぐれたのか妊娠中毒症になってしまい、浮腫（むくみ）を取るために、利尿剤が処方されて苦労した。異常なほどの頻尿が煩わしくて、一日も早く出産してしまいたいと願っていた。普通分娩の予定だったが、難産のため、母子の健康を重視して急遽帝王切開での出産となった。無事に出産を終えた時の安堵感は、かつてないほど自分を穏やかにさせた。

自分自身が一人の娘の母親になってみて、新たな気づきも多かった。

自分のなかに、親としての無償の愛情が芽生えたことで、改めて両親へ感謝の念を深めていくことができた。三十年前、誕生した我が子が、先天性心疾患を有することを知った、両親の深い想いは如何ばかりだっただろう……。

二人で営んでいた歯科医院の混雑状況が心配だったこともあり、出産後二ヵ月足らずで、秋田の実家から富岡町の家に戻った。娘の世話は、夫の両親が喜んで引き受けてくれた。細かい作業の苦手な私は、あまり長期間休職すると仕事に復帰するのが危ういと自覚していたから、幸いだった。

ＰＴＡ活動

娘が小学生になって、夫の友人から、ＰＴＡ活動に誘われた。彼が会長になる予定で、私に補佐してほしいという申し出だった。

「歯科医師の仕事は一生できるけれど、ＰＴＡ活動は、子供が幼い時だけしかできない。後になって、やってみればよかったと、後悔することになるかもしれない。仕事とは違う体験は、今後何かのプラスになると思うよ」と言う、彼の言葉に促され、四年間、副会長の任務を果たした。

歯科医師の仕事があったから、時間的には多忙になった。今まで二時間半の昼休み中、ゆっくり休んで夕食の準備をする余裕があったのだが、その時間がだいぶ削られた。

けれども、彼の言葉どおり私にとってプラスになったことは多かった。

同じ年の子を持つ母親というつながりの友人もできた。それまで、診療室以外で、この町の人とあまり知り合う機会がなかったから、町内に友人と呼べる人はいなかったのだ。一気に交友関係も広がり、この町にも愛着を感じるようになった。

滅多にできない役目もあったりして、楽しかった。ちょうど、大きなＰＴＡのイベントの担当校にあたり、その総合司会をさせてもらった。子供の頃、アナウンサーに憧れていたことがあり、数百人の出席者の前で司会ができたことは、忘れられない思い出だ。

そしてもう一つ、教師に対する気持ちが変わった。

小学生の頃、自分が体験したいじめの原因は担任教諭と思っていたから、それ以来、教職者に対してあまり好感を抱けずにいた。ＰＴＡ活動を通して多くの先生たちに関わっていくうちに、正直言うと、こんなに信頼できる先生もいるのだと感じるようになり、教職者に対する苦手意識は一掃された。

娘の反抗

娘が幼稚園児の頃、担任だった先生から、

「Cちゃんは石橋を叩いて、しかもクラスの友達全員が無事にわたりきったのを確認してからおもむろにわたるような慎重なお子さんですね」

と、言われたことを、今でも覚えている。

そんな幼児だったとは信じられないような、凄まじい反抗期があった。

自分が小さい頃に運動ができずに、悲しい思いをしたことがあり、私は娘に、同様の思いをさせたくないと、水泳教室に幼児期から通わせた。初めの頃怖がって泣き叫んでいたが、ここで甘やかすと運動が苦手になると思い、容赦なく教室を続けさせた。

音楽も情操教育に有効だと思い、ピアノも習わせた。練習が嫌でやめたいと言い出したこともあったが、励まし、続けさせた。

その後は自分の方から、珠算教室や、書道教室などにも通いたいと言い出し、多数の教室をかけもちし、通った。

一人っ子だから、真っ直ぐ家に帰るよりも、学校の帰りにそのまま友達と、習い事の教室に行く方が楽しかったのだろうと思う。

中学生になり、自己主張がかなり強くなった。富岡町から電車で片道四十分を要するいわき市の制服がない自由な校風の県立高校に、どうしても進学したいと言い張るようになった。

母親として未熟な私は、

「好きな高校に行ってもいいから、大学は歯学部にしなさい」

と、交換条件を出した。

自分が歯科医師という職業に就いたことに満足している私は、娘にも同職に就いてほしいと願っていた。歯科医師は女性に適していると思う。たった一人で生きていくようになっても、経済的に自立できると思えるからだ。歯科医師になることが、娘の幸せにつながると信じていたのだ。

納得した娘は自分の希望した高校に通い、歯科大学にも入学してこれで安心と思ったのも、束の間だった……。

「日本国憲法で認められている、職業選択の自由が、私にはない」

と、娘は猛反発してきた。

凄まじい反抗だった。金髪、「ガングロ」と言われる風貌で、怒りを露にして、私に立ち向かってくる。

半ば強制的に、歯科大学に入学させたようなものだったから……。

あの頃、我が娘ながらどこまで反抗を続けるのかと恐怖を抱いていたくらいで、子供の気持ちを真摯に受けとめようとしなかった稚拙な自分が間違っていたと悔いていた。

幸いなことに私たち二人の険悪な関係は、娘が歯科大学の学生生活を過ごす時間のなかで少しずつ解消していった。

運よく入学できた大学で、娘は当初甘い考えで大学生活を送っていたが、学年が進んでいくうち、自分が思うほど歯科医師になるのが容易なことではないと、気がついたらしい。

それでもせっかく入学できたのだから、絶対に歯科医師になろうと決意したようで、無事、私の希望していた歯科医師になってくれた。

当時、身勝手な私の思い込みを押し付けられた娘も、さぞかし理不尽だったろう……。

歯科医師として懸命に勤務する彼女を見るにつけ、未熟な親だった自分を省み、真正面から私に対抗できる気丈な娘でよかったと、今改めて思っている。

英会話教室

「英会話教室に通っていた」というのも憚るような低レベルの語学力であるが、その教室で得たものは、語学よりももっと大きな意味で私に有用なものだった。

数年間通い続けられたのは、その教室が講師T先生と、生徒Yさんと私というたった三人の構成だったからだ。

T先生は、中学三年生の時、アメリカ在住の叔父のもとへ単身移住。アメリカの高校、大学を卒業後、外資系企業の社長補佐、通訳として長年勤務した経歴がある。

Yさんは英文科卒業で、自らも高校受験生を対象にした英語塾を経営、指導者であった。

そのYさんと、中学、高校での義務教育の英語しか学んでいない私とでは、同じ教室で学ぶこと自体、無理がある。当初は別々のクラスの大人の英会話教室だったのだが、だんだん生徒が減っていき、残ったのが私とYさんだった。そのためT先生からの要望により二人一緒の時間になったのだ。

週一回、一時間の教室である。一週間の出来事、最近のニュースに関して思ったこと、読んだ本の感想など、身近な話題をそれぞれ英語で話す。T先生とYさんは、ほとんど英語のみで会話をしていた。語学力の低い私だけは、英語で話せないことを、日本語で話すのを許されていた。その現状に甘んじ、日本語で言いたいことを言えたから、あの教室に通い続けられた。

三人の年齢が一歳違いということもあり、お互いにあまり遠慮がなかった。

T先生とYさんの二人は、政治や経済の話題について語ることが少なくなかった。私は仕事柄、歯科関連の話題と、自分の読んだ本の感想などを話題にすることが多かった。

T先生はとにかく前向きである。アメリカでの暮らしが長いこともあり、同年代の男性と比較すると、正義感が強く、自分の信念を曲げず、何事も「忖度」できないように見受けられ、いつまでも青年のような気概が感じられた。

例えば、スーパーマーケットの駐車場で店舗の一番近くの駐車スペースは、身体障害者の方々や、高齢者のために設けられたものである。そこを健常者の人が利用することが許せないという正義感を強く持った彼は、そうした人たちに注意を促し、その場所から車を移動させるということをするのだ。ちょっと怖そうな輩のように見える人に対しても、怯むことなく、

「どこも具合が悪いようにはお見受けしませんが、ここは身体の弱い人が駐車する場所ですよ」

と言えるのだ。

そういう実直な行動をする彼だったから、高度な語学力のみならず、子供の指導者に適した人格者として、多くの親たちからの信頼が厚く、子供のための英会話教室の生徒は増える一方だ。

彼の影響で、この教室に通っていた子供たちのなかから、アメリカ留学できた生徒も少なくなかった。

二〇〇二年、彼はシルバーリボン日本事務局を立ち上げ、運動を展開している。シルバーリボン運動は、脳や心に起因する疾患（障害）およびメンタルヘルスへの理解を深め促進することを目的とし、イベントや勉強会などの啓発活動を展開している。

二〇二〇年、十月十日東京にて「世界メンタルヘルスデー２０２０」が開催され、東京タワーのシルバーライトアップもあり、大きな反響を呼んだ。こうした彼の今までの歩みを見せていただき、私自身も自分の夢に向かって屈せず、真っ直ぐ挑む姿勢を彼から学ばせてもらっている。

Yさんは、当時私にとってこの町の同年代のなかで最も信頼できる女性だった。女性だからという甘えの全くない人である。女性に多く見受けられる光景、陰で悪口や噂話をするという卑劣なことが全くない。信念を貫き、人徳のある女性で、目上の人や男性からの信頼も厚かった。早世の姉がいた彼女は、容赦なく他人の心情に立ち入ったりはしない。彼女は嘘をつかないから、時には寡黙になる。話せないこともあるのだということに気づかされた。

世間知らずで独りよがりな私は、一歳しか年長ではないことが信じられないような、理性的な彼女から学ぶことが多かった。

町長との懇談

友人の一人が、当時の町長の親類だった。彼女を通して、若い世代の母親代表として、忌憚のない意見を聞かせてほしいという趣旨で、私的に町長と会話する機会に恵まれた。

町長宅に招かれた方々は私より年長で、町内でそれぞれの役職に就いている数人だった。こんな機会は私にとってもう二度とないだろうと思い、率直に普段思っていることを話した。

豊かな町の財源を、もっと子供たちのために使ってほしいと要望した。

近隣の町にはあっても、町内になかった大規模な図書館や、プール、公式戦を開催できるような運動場、著名な音楽家も招致できる規模のコンサート会場などの建設。

さらに当時、町会議員や、婦人会会員や、老人会会員、商工会議所会員など、毎回同じようなメンバーばかりが参加する海外視察研修が多かったことを、疑問視していた私は、まず子供たちにこそ、海外を視察研修する機会を提供すべきと、一気に思いの丈を述べた。

怖いもの知らずの私は何にも所属していなかったから、なんのしがらみもなく、あれだけ思いっきり言えたのだ。そんな生意気で尊大な私の意見がとても新鮮だったらしく、町長ご夫妻はとても喜んでくれた。

若輩者の私があれだけ「もの申す」ことを体験できたのは貴重で、忘れられない出来事である。

その後実際、プールを併設した町民文化交流施設の設立準備委員の一員として、設立に関われたことはうれしかったし、そんな経験を通して、自分たちの住む町が快適であってほしいという願いもさらに芽生え、富岡町への愛着をますます感じることになった。

完成した図書館やコンサートホールを含む「学びの森」は、施設の環境も、蔵書数も近隣の町に引けを取らない立派なもので、喜んでおおいに活用した。

プールを併設した健康施設は宿泊も可能な充実したものになり、世代を問わず好評で、町民だけではなく、近隣の町村からの利用客も多かった。

愛犬との暮らし

娘が十歳の時、友達の家で飼っていた犬、ゴールデンレトリバーを見てから、どうしても我が家でも飼いたいと言い出した。動物の苦手な私はかなり抵抗したが、動物好きな夫と娘の二人に押し切られ、雄のゴールデンレトリバーを飼うことになった。

私が「デューク」と命名したその犬は、一緒に我が家で暮らし始めてすぐに、大切な家族の一員になった。

早朝の散歩は夫、夕方の散歩は私の役目になった。一匹の犬の存在が、予想以上に自分たちの生活や気持ちを大きく変えることになった。何より私自身の気持ちの変化に一番驚いた。

言葉を発しない動物だから、よけいに愛おしく感じられるのだろうか。毎日のスケジュールは、犬の散歩の時間の確保を優先した。それだけ私たちにとって、大切な存在だった。

ただ彼の雷や花火に対する異常なまでの恐怖心は、私たちにとって一番厄介なことで、体重が四十キロ近い大型犬が、身を縮めるようにして、家中を逃げ惑う姿は切なく、どうしてやることもできなかった。

近所の子供たちからもかわいがられていたので、私は、「デュークのママ」と呼ばれ、まんざらでもない気がしていた。愛犬と共に過ごした十年は、我が家が一番賑やかだったように感じる。

早朝から、「散歩の時間ですよ」と言わんばかりに吠え出した。中庭で飼っていたので、その太く大きな吠え声は近所に響き渡った。

都会であれば、苦情を言われかねない状況だが、穏やかで優しい隣近所の人からは、「もう、デュークが散歩に行く時間だと思って、時計代わりに聞いていますよ」と言われ、安堵した。

愛犬が死んで一番変わったことは、散歩がなくなったことである。雨の日も、雪の日も、よほどの悪天候でない限り続けた愛犬との散歩の時間が、私たちにとって、いかに和みの時間であったのかを、改めて感じた。

そんなデュークとの暮らしが忘れられずに、新しい犬を飼う気にはなれない。あれからもう十数年が経過しているのに……。

のちに経験した震災時に彼がいなくてよかったと、幾度となく思った。自動車に乗るのが苦手な犬だったから、もし生きていたら、私たちは避難するのに、どれほど苦労しただろうか……。

富岡町での三十年

二十代後半で結婚、東京で勤務医生活を経験してから、夫の生まれ故郷富岡町に引っ越すと、秋田育ちの私には、同じ東北といえども、東京とあまり変わらない温暖な気候にうれしい驚きだった。ことに冬になると、太平洋側と日本海側の気候の違いを目の当たりにして、冬の秋田で暮らしている両親を、ここに呼び寄せ、おだやかな一冬を過ごさせたいと思うくらいだった。

日本海側地方の冬中曇天が続く雪国の暮らしは、厳しく、決して明るいとは言えない。それに比べ、晴天が続く乾燥した空気のなかで暮らす太平洋側地方での生活は、厄介な雪がないぶん快適だ。大げさかもしれないが、「冬」に関する概念を一八〇度変えさせられたというくらいの気持ちである。

富岡町に来た直後は、小さな町だったから少し物足りない気がしたが、暮らしてみるとすぐに、この町は普通の小さな町ではないと感じた。

人口約一万八千人の小さな町なのに、原子力発電所の立地地域という特殊性から、町の財源は豊かである。しかも地元住民だけではなく、原発関連の人たちの流動人口が多いことから、町は活気に満ちている。

そんな富岡町で歯科医院を夫と経営し、翌春から、院長の夫が町内の保育所、幼稚園、小学校の校医に任命された。女医さんの方が児童に喜ばれるというので、私が検診や歯の講話活動に行くことが多かった。

歯の講話の準備は容易ではなかったが、子供たちに自分の話を真剣に聞いてもらえる機会はめったになく、貴重な体験だった。

私自身も母になり、ＰＴＡ活動や、趣味の体操教室、フラワーアレンジメント教室、英会話教室に通ったおかげで、新たなたくさんの出会いに恵まれた。習い事をしていなかった頃は、診療室と家庭との生活しかなく、あくまでも患者さんと歯科医師、雇い主と従業員、家族といった人間関係しかなかった。

この町で活動の場を広げたことで、異業種の人との交流を通し人脈が広がり、社会人として成長させてもらったと感じている。

第二章　二〇一一年三月十一日からの日々

二〇一一年三月十一日

二〇一一年三月十一日、午後二時四十六分、それは本院での患者さんの歯科治療中の出来事だった。

突然立っていられないほどの大きな揺れが波状的に長く続き、ありとあらゆる物が床に落下した。足をすくわれるような恐怖感に襲われ、思わずしゃがみ込んでしまった。診療室の西側の窓には、隣家の屋根瓦がなだれ込んできて、X線室の大型レントゲンまでもが倒壊したのである。

みるみるうちに診療室の床一面は、割れた窓ガラス、隣家の屋根瓦、カルテ、医療器具などが散乱して、足の踏み場もなくなった。そんな過酷な状況だったが、患者さんやスタッフにけががなかったのは幸いだった。

地震発生直後から、停電、断水になり、治療を中断して、とりあえず患者さんには帰ってもらうしかなかった。

情報を遮断された私たちは、この地震の被害の甚大さを知らないまま、

「先生、明日また来ます」

「明日は無理でしょうから、来週にでも来てください」

そんな会話を交わして、見送ったのである。

患者さんが皆帰って、

「先生、どこから片づけたらいいですか」

とスタッフに問われても、私は返答できずにいた。どこから手をつけようにも、これほどの壊滅状態から果たして回復できるのだろうかという不安の方が大きかった。

そうこうしているうちに、

「津波が来ているぞ」

「高台に避難してください」

そんな声が外のあちらこちらから聞こえてきた。

スタッフと私たち夫婦は急いで我が家のすぐ前方にある高台の公園へ駆け上がるよう

にして到着すると、すでに近所の人たちが大勢集まっていて、皆でただ海辺の方を凝視した。

その時突然、暗雲が立ち込め周りが暗くなり、冷気が漂いみぞれが降ってきた。それはまるで、天変地異の発生を象徴するような不気味な気配。

海岸近くの家々や自動車を飲み込んだ濁流がこちらに向かって進んで来るさまは、まるで地獄絵図のようだった。これは果たして現実なのか？　あるいはかつてのテレビ等で見た映像のワンシーンなのかと錯覚に陥った。今自分の眼前に迫る自然の脅威に息をのみ、言葉を失い、立ちすくむばかり。

津波はちょうど我が家の足元まで到達して、速度を緩め、夥しい瓦礫を残して退いていった。その経緯を、ずっと手持ちのカメラで撮影している七十代の男性がいた。彼は近所に住むOさんだった。

「こんなことがあったんだと、後で見せてやれるように撮影しておく」と言う彼の言葉に、こんな時によく撮影できるものだと、内心私は思っていた。しかし後日、彼の撮影した写真は、「三・一一の富岡町」として新聞掲載され、今でも貴重な資料として保存されている。彼のあの時の行為を軽視していた自分が恥ずかしい。当事者が記録として資料を残す重要性を、ここで初めて私は学んだ。

津波が退いてほどなくして、家族が迎えに来たスタッフも無事帰っていき、診療室に夫と二人だけになった時は、もう日が暮れ始めていた。

我が家は一階が診療所、二、三階が自宅という構造であるが、自宅は診療所よりさらに被害が大きく、言語に絶する状態だった。自宅の玄関ドアを開けると、眼前の中庭一面の大きなガラスが割れ、ありとあらゆる家具が倒壊していた。以前この中庭で飼っていたデュークを一瞬思い出し、いなくてよかった……と思った。

居間にある熱帯魚を飼育していた大型水槽の水が溢れ出し、床は水槽の水、ガラス片、家財道具などが散乱し危険なため、土足で家のなかに入るしかなかった。台所は冷蔵庫が倒壊、ドアを塞ぎ内部を見ることもかなわなかった。三階の娘の部屋もピアノが倒壊しドアは破損され、開閉できなかった。

もう我が家には、横になるどころか、座れる空間すら皆無であった。

「体育館を避難所として開放します。ご利用ください」

防災無線でそう呼びかけていたが、私たちは家から毛布を運び、車中で一夜を過ごすことにした。

「明日は頑張って片づけるしかない」と、自分自身を鼓舞するしかなかった。

あの夜は冷え込みが厳しく、一晩中余震が続いた。車窓から見た冴え渡る星々の美しさがひときわ心にしみた。

こうしてかつて経験したことのない地震と津波の猛威に、自然の恐ろしさを思い知らされた長い一日がようやく終わった。

突然の原発避難

車中での一夜が明け、翌朝早々、町内の公衆電話をようやく探し出し、携帯電話では昨日一日中連絡のつかなかった母と娘に、自分たちの無事を知らせることができた。我が家のすぐ近くにある富岡駅舎が津波で崩壊したことをニュースで知っていた娘は、昨夜一睡もできなかったらしく、この電話でどれほど安堵したことだろう。

これで一安心と思ったのも束の間だった。

その後、隣町の義妹たちのことも気になり、様子を見に行き、無事を確認し、自宅に帰ろうとした矢先、なんと先ほど通ってきた国道六号が、バリケード封鎖されていた。

「これより以北、富岡町方面は進入禁止になりました」

と、数名の警察官。

「え、富岡町の自宅に帰りたいのですが」

と、懇願するも、

「緊急事態が発生したため、とにかく道路を完全封鎖しています。ここより北は立ち入りできなくなりました」

の一点張りだった。

東京電力福島第一原子力発電所事故の発生により、全町避難という緊急事態が起きたのだ。

こうして私たちは壊滅的被害を受けた我が家に戻ることも、片づける間もなく、この家からの突然の退去を余儀なくされたのである。

後日、同郷の友の話を聞いてみると、午前五時半頃、防災無線で、「川内村に避難してください」と、聞こえたらしい。川内村は同郡内で富岡町の西隣にある。しかし車中にいたせいか、その放送が聞こえなかったため、私たちはこの知らせを全く知らなかったのである。

行く先の指示もされなかったが、着の身着のまま、とりあえず私たち夫婦は中通りにある郡山市のビジネスホテルに避難することにした。

郡山市に向かう国道四九号線はまだ混雑していなかった。昨日の地震発生から、約二十時間いっさい何も口にしていなかった私たちは、途中、平田村にある道の駅に立ち寄り、ようやく食事を摂った。あの時はあまりにも衝撃的な事態に直面したためか、不思議なほど口渇感も空腹感も感じていなかったのである。

昼近くに郡山市へ到着すると、郡山市も昨日の地震による被害は少なくなかったのだということを、初めて知ることができた。

ホテルで宿泊を希望しても、地震で崩壊が認められ危険という理由から、宿泊の申し込みを数軒断られた。

「給湯設備が壊れてしまい、お湯の使用はできませんが、それでもよければ宿泊できます」

そう言われた一軒のホテルにようやくたどり着いた。

昨夜一晩中余震の続くなか、車中で過ごしたことを思えば、お湯が使えないくらいは、なんの問題もなかった。ゆっくり身体を伸ばしてベッドに横たわれるだけで満足だった。ホテルの部屋で見たテレビの映像で、私たちは初めて、この地震の強度、範囲の広さ、被害の深刻さを確実に認識できた。

それでも、一週間もこのホテルに滞在すれば、原発事故も収まり古里に戻れるのではないかという甘い期待を持ったりもしていたのである。

避難直後の時点で、避難がまさか何年にも亘るほど長期化するとは、誰がいったい予測できたであろうか……。

そんな気持ちでホテルに滞在していた私たちに、娘は度々電話をくれた。

娘はその頃、会津若松市の災害拠点病院の指定を受けている総合病院に、歯科医として勤務していた。そのため私たちより詳しい情報を正確に得ていたようであった。

「いつまでそのホテルにいるつもりなの。もう簡単には富岡町には帰れないよ。二人分の布団を買って用意したから、私のアパートに一緒に住もうよ」

その娘の言葉に促された。彼女の好意に甘えて、郡山から、さらに西にある会津若松市にすぐ避難しようと、心を決めた。

会津若松に到着してまず、私たちがしなければならなかったことは、着替えの下着など、自分たちの新たな生活に必要最小限な日用品を買うことだ。三月とは言え、あの頃の会津はまだ寒く、着の身着のままの避難だったから、冬物衣料も買い足さなければならなかった。富岡町の我が家には、あんなに物が溢れていて、いつか整理しなければと思っていたくらいなのにと思うと、無念。

それでも娘のアパートに一緒に暮らすようになった私たちは、体育館などで過酷な状況にある被災者を思えば、家族みずいらずここに住めることの幸せをかみしめていた。

けれども、あたりまえと思っていた暮らしが、かくも容易に失われたという現実を、まだ受け入れ難くもあった。

あの時の桜

あの時ほど、桜を眺めた春はない。

避難先の娘のアパートで私たち夫婦は桜の季節を迎えた。娘が出勤すると、私たちは住まいと同時に職場も失ったという現実を痛感する。為すべきことを失った私たちは、会津若松市のシンボルである鶴ヶ城へ毎日のように訪れては、自分たちの運命が突然変わってしまったことを思い知らされた。まだ蕾さえつけていなかった頃から眺めて、桜の開花を待ちわびた。開花、満開そして散り、葉桜という移ろいをずっと追っていた。あの時の桜の変化は、まるで自分たちの姿を映しているようであった。

娘の勤務先の病院長は私たち夫婦が原発避難してきたことを知り、いろいろ思案してくれた。夫にはいくつかの就職先を紹介してくれたのだが、残念ながら女医の私には声がかからなかった。

五十代半ばの私の歯科医師人生は、これで終わったのかと思うと、悔しかった。器用で、どんな難症例もすばやく的確に処置できる夫は、今までの自分の仕事に対して達成感があったのか、これで仕事を終えるのも致し方無いという寛容さが見受けられた。

それに反し、不器用な私は相当な努力をして得た歯科医師という職業に、まだまだ執着があり、もっと仕事を続けたいと願うばかり。かけがえのない職場を奪われたという意識が強かった。

そんなそれぞれの想いを巡らせながら、私たちはほとんど無言で、毎日のようにただただ桜を眺めていたのである。

そんなある日、夫の携帯電話に見知らぬ人からの着信があった。当時の私たちにとって、各々の携帯電話のみが、情報伝達の重要な役割を果たしていたから、当然のように、電話に出てみれば歯科大学の同級生Nさんだった。

白河市にある自分の経営している診療所を引き継いでくれないかという申し出だった。

まだ歯科医師を辞めたくない私には、まさに朗報である。

早速、後日、彼女のクリニックを見学に行った。診療室は、うすいピンク色の歯科ユニットが三台、大きな窓に向かい横並びの配置になっている。ちょうどその時間、窓からたっぷりと日が差し込んでいた。

女医さんの仕事場にふさわしい、明るく、やさしい雰囲気。

富岡町の私たちの診療室は、四台のベージュ色のユニットが、二台ずつ並行して窓に向かい並んでいる。室内はベージュのトーンで揃え、シックで落ち着いた感じだった。

古里の診療室と、全然違う雰囲気だから、かえって気持ちを切り替えられそう……。

彼女と私たち夫婦は同級生だから、医療設備や機器はほとんど同じようなものがそろっている。これなら、すぐにも仕事を再開できそうと感じた。

医師だった夫の病死後、女手一つで三人の娘を無事育て上げ、もう引退したい意向の友人にとっても、私たちの存在はありがたかったのだ。

お互いの思いが合致して、私たちは覚悟を持って、新たな地で歯科クリニックを再開業することを決めた。

その頃、鶴ヶ城の桜は全て散っていたが、葉桜の新緑が眩しかった……。

白河市で診療所再開業

栃木県に隣接する中通り南部の白河市で診療所を開業するにあたり、まず古里富岡町の歯科医院を廃業しなければならなかった。二人で三十年近く経営していた愛着ある診療所を閉院することは、かなり辛いことである。終わり方としてあまりにも突然で、中途半端なことであり、容易に納得できるものではなかった。
しかし新たに白河で診療所を開業するためには、どうしても避けられないことだった。

三十年前、古里富岡町で診療所を開院した日は、夫の生まれ故郷ということもあり、たくさんの親類や友人、知人から開業祝いの花が贈られ、飾る場所を考えなければならないほどの賑やかさであった。

それに対し、二〇一一年五月、白河市で新たに診療所をオープンした際には、義妹から贈られた花籠がたった一つだけだったが、凛として気品ある白い百合の花に感無量だったことを今でも鮮明に覚えている。

コンビニの数よりも歯科医院の方が多いと言われている昨今、どの地域でも厳しい競争が繰り広げられている。新天地で診療所を再開業するにしても、近隣にある既存の診療所に迷惑をかけたくないという気持ちがあった。

賃貸することになった診療所は、築二十数年経つものである。新しい診療所を華々しく開業するのと違い、原発避難してきた今の私たちには適していると思えた。

以前の院長N先生の患者さんを大切に引き継いでいくようにしたいと思い、広告宣伝活動は一切しなかった。さらに経費削減のため、彼女が借りていた近隣の駐車場は契約を打ち切り、クリニックの敷地内にある狭い駐車場のみを使うことにした。

診察券はスタッフの手作りである。リコールカード（定期検診の時期をお知らせする葉書）は、以前古里で使用していた様式を利用し、医院の名称を変更して私が作成。

このように支出を切り詰めながら、地縁や血縁の全くないこの診療所に、果たして患者さんがどれくらい来てくれるのだろうかという不安や迷いもあった。けれども不思議と、歯科医としての三十数年の経験が、焦る気持ちを鎮めてくれた。目の前にいる一人ひとりの患者さんを大切にしていくしかないという思いだった。以前からこの診療所に通っていた患者さんの多くがそのまま通院してくれたことに感謝している。さらに幸い、私たちと同じ双葉郡から原発避難してきた人たちが近くにいたので、患者さんとして定着してくれた。富岡町の元の患者さんも遠方の避難場所から、長時間かけてわざわざ通院してくれたことも、私たちには何物にも代えがたい喜びと自信になった。

さらに何より、前のN先生のもとで仕事をしていた五人の歯科衛生士さんたちが、そのまま継続して私たちと共に、治療に携わってくれたことが、百人力だった。

一時帰宅

震災発生翌日の突然の避難から三ヵ月経過して、ようやく我々避難者の一時帰宅が認められるようになった。

しかしそれは、タイベックスーツ（防護服）を纏い、帽子、手袋、靴カバー、マスクといった重装備で、滞在時間は二時間以内という厳しいものだった。

最初の一時帰宅では、持ち出しが許されたのは、ビニール袋一個分という理不尽なもので、怒りがこみ上げてくるようであった。

その頃私たち夫婦は、新しい避難先の白河にて、仕事を再開していたので、被災前、古里富岡町の診療室で使用していた診療用器具類の持ち出しを希望して、「企業帰宅」を出願した。

事前に一時立ち入りに必要な手続きを済ませ、線量計を借り受け、立ち入り車両の車種、色、ナンバーを知らせ、一時立ち入り許可証が発行された。次に立ち入る人全員の名前を記載した名簿を作成し、運転免許証等の本人確認を要する。

こうした厳重なチェックを受け、私たち夫婦が最初の一時帰宅ができたのは、真夏の七月二十日だった。折しも酷暑のなか、つなぎ形式のタイベックスーツ着用での重装備で、前もって保冷剤を首に巻いていた。暑さ対策は万全と思っていたが、実際にその重装備で、窓ガラスの破片、カルテや診療器具が散乱している診療室で、必要な器具を探し出すのは、かなり厳しいことだった。

許可された滞在時間は二時間であったが、その姿ではとても暑苦しくて、私たちは一時間も滞在するのが困難であった。熱中症を危惧し、早々に荒れ果てた我が家兼歯科診療所を後にした。

二度目の一時帰宅をしたのは、同年十一月だった。気候も穏やかになり、放射線に対する緊張感も薄らぎ、古里の懐かしい風景を車窓からゆっくり眺める心の余裕があった。

警戒区域になっている古里に近づくと、被災前の風景とのあまりの違いに驚いた。黄色のセイタカアワダチソウの繁殖力に圧倒された。それは、至る所がまるで、菜の花畑と見まちがえるような、華やかな光景だった。しかも、あちこちに、野生化した動物の姿も見受けられた。瘠せた犬、牛、なんと隣町で飼われていたダチョウさえも、ゆうゆうと街中を歩いていくのを見て、「ここはいったいどこ?」といった戸惑いすら感じた。震災発生翌日の避難から、半年という時を経て、あまりにも変わり果てた古里の風景は、悔しさと諦めの気持ちをより強くさせた。

我が家の屋内は、窓ガラスが割れたままになっており、劣化が進み、壁や床にカビが発生していて、「とてもここには、もう住めない」という思いを強くした。

しかし、避難前ガーデニングを楽しんでいた私は、庭木の生命力には、感動するものがあった。水遣りも、手入れもしてやれなかったのに、例年と同様、いやそれ以上の蕾をいっぱいにつけていた寒椿に心を動かされた。やがて寒さが増す頃、誰も見ていなくても、精一杯、力強く、見事な花を咲かせるであろう樹木の姿が、真摯に生きることを示唆するようで愛おしく感じられた。

さらに一年経過して、私たちは三度目の一時帰宅をした。

避難先の白河の住まいは狭く、もう古里から色々なものを持ち出しても、置くスペースもない。そのため、何か物を持ってくるという目的ではなく、古里にある我が家がどうなっているのだろうかという気持ちだけである。中継基地（スクリーニング検査のための集合場所）は、ドライブスルー方式となり、以前のような緊張感を感ずることは、あまりなくなった。

道路の両脇は、昨秋よりも、ますます繁殖した雑草によって、狭くなっていた。我が家の前に到着すると、駐車場のアスファルトのほんのわずかな隙間から、いっせいに雑草が生い茂り、まるで我が家の入り口を塞いでいるかのよう。

かつて、庭木の生命力に感動を覚えた庭も、雑草の強力な繁殖力には敵わず、見るも無残な姿になっていた。

前回の一時帰宅の際、違和感をもった動物たちの姿も、全く見られなくなっていて、古里にあったのは、異常な静寂のみであった。

滞在時間も以前より長くなり、上限五時間となったため、震災後初めて先祖の墓地や実家の方にも、足を延ばすことができた。墓地では、雑草の繁殖力が一段と勢いよく、雑草の背丈は、墓石を隠すほどになっていた。雑草を掻き分けながら、ようやく先祖の墓を探し出し、無事にお墓が立っているのを確認でき安堵した。

すっかり変わり果てた古里の町並み、どんどん荒んでいく我が家を見るのは、忍びなく、切ない。中継基地に立ち寄り、スクリーニング検査を受け、避難先の白河へ戻る頃には、脱力感と疲労感でいっぱいだった。


被災から三年目の春、私たちが住んでいた地区は、避難指示解除準備区域に指定され、午前九時から午後四時までは、自由に立ち入りできるようになった。それ以後、春秋のお彼岸とお盆に、お墓参りできるようなったのが、何よりうれしかった。

富岡町の家、解体

二〇一一年、三・一一の被災と翌日の強制的な原発避難から六年が経過した。

我が家は一階が歯科診療所で、二階、三階が自宅という構造である。地震の被害は甚大で、いたる所が破損した状態だったが、修理することもかなわぬまま月日が過ぎていった。ほとんどの窓ガラスが割れ、風雨にさらされたままで、劣化の進み具合は速い。

富岡町で判定した自家の破損の程度は大規模半壊。ここで生業を再開することはもう無理と私たちは断念せざるを得なかった。そのためかなり早期から町に解体の申し込みをしていた。申請はわりに早く受理されたが、そこから数年経過しても少しも進捗状況は変わることがなかった。

年に数回自宅を訪れる度、ますます荒廃していく姿を見るのが切なく、辛かった。廃居と化した我が家の解体工事が早く始まってほしいとずっと願っていた。

ようやく工事が始まることになったという連絡があったのは、震災発生から五年後の晩秋である。家主と解体業者、さらに環境省の担当者との解体工事前の最終立ち会いが行われた。その際、愛着ある我が家ではあるが、私はもう家のなかに入らなくていいと思っていたから、一人で家の前の外に立っていた。

「奥様は家のなかに入らなくていいのですか」

と、問われたのだが、

「私はもうあまり家のなかを見たくないので、外から眺めています」

即座に返答すると、環境省の責任者が、

「お気持ちお察しします」

と、静かに言ってくれた。

そのひと言が心に響いた。私たちの切なさ、無念さを理解してくれているのだと思うと、何かこみ上げてくるものがあった。

解体工事が始まり、全部解体し終わる前に我が家を見ておこうと、県外に離れて暮らす娘を誘い、一緒に富岡町に向かった。

これが三人で三十年近く暮らした古里の我が家の見納めと思うと、かつてここで過ごしたたくさんの思い出が次々と走馬灯のようによみがえり、家の前に佇んだ。

その日は真っ青な空が冴え渡るような晴天だった。明るいレンガ色のモダンな大きな住まいが青空に映え、その凛々しく美しい外観は今でも目に焼き付いている。

けれども内部は解体工事が始まっていたため、天井は鉄骨鉄筋コンクリートがむき出しの状態になっていた。それがかえって、こんなに頑丈な造りだったのにと思うと、よけい無念であった。後ろ髪を引かれる思いで、ようやく三人は富岡町を後にした。

震災発生から六年経った三月初め、我が家の解体が終わった。

自分たちの住んでいた思い出のいっぱい詰まった家が跡形もなくなってしまったのを見て、私と夫は言葉を失った。

私たち自身が選択したことであり、早く解体してほしいとあんなに願っていたのに、いざなくなってしまうと、こんなにもむなしいものなのだ。

住処（すみか）がなくなってしまい、歯科医院の看板も撤去された今、ここで暮らした二十九年間の思い出が薄れてしまうような気持ちに襲われる。さらに富岡町が古里という気持ちが急激に減退していくのを感じる。

もうここには住めないのだと、踏ん切りがついていたはずであったが、寂寥感が漂う。

あの家で暮らした過去の思い出がやはり愛おしい。

魅力あふれる白河

原発避難のため、古里富岡町を離れ、縁あって六年間歯科医師として暮らした白河は、私たち夫婦にとって、貴重な思い出がたくさんある第二の古里とも言える場所である。

白河を一言で表現するならば、「歴史ある情緒豊かな城下町」であろうか。

市のシンボルである「小峰城」は東日本大震災により、石垣が崩落したりしたが、伝統的工法に基づいて修復され、美しい佇まいを取り戻している。

「南湖公園」は、四季折々に彩られた美しさで、市民のみならず多くの観光客を楽しませてくれる。公園内には南湖神社があり、被災後私たちは新しい年を迎えるごとに、初詣に出かけた。江戸時代から続く「白河提灯まつり」や、冬の「白河だるま市」も華やかに開催される。

白河にはまた自慢すべき美味しいものがたくさんある。何と言ってもまず、「白河ラーメン」である。市内には百軒を超すラーメン屋があると言われる。こちらに越して来たばかりの頃は、細麺の「中華そば」が好きな私は、白河ラーメンの最大の特徴である「手打ちのちぢれ麺」が、ちょっと固めでうどんのように感じられるのが苦手だったが、ラーメン好きな夫と食べ歩いているうちに、歯応えのある手打ち麺が好きになった。

さらに街中には、古くから創業している菓子店があちこちにある。城下町だったことから茶道とともに和菓子の文化も発展してきたと言われている。そのため市内には銘菓がたくさんある。『烏羽玉』は甘味をおさえたこし餡を柔らかい求肥でふんわり包んだお菓子で、私の一番のお気に入りだ。

このように史跡、名勝、伝統文化やお祭り、そして白河グルメと魅力あふれるものが集結している街が白河である。

けれども私が最も白河で魅了されたのは、この地で出会ったたくさんの人たちで、まさに人に出会い、導かれ、学んだ六年だった。

歯科クリニックで、一緒に真摯に診療に携わってくれた歯科衛生士さんたちとの出会いは、私たちにとって一番の宝だ。

来院患者さんは豊かな知性をもち、穏やかで、物腰の柔らかい人が多かった。診療の予約時間を厳守し、自分の口のなかの健康を重視し、自ら定期的に来院する人が多い。さらに、歯科医と患者さんという立場を越えて、友として親しくなった方もいる。

通ったピアノ教室の先生は感受性豊かで、私の何気ない話にも涙ぐむような優しい女性だ。週末通ったジムのインストラクターや仲間は、いつも明るく前向きで刺激された。だんだんに親しくなり、患者さんになってくれた人も少なくない。

こんなに素敵なたくさんの人と出会えたこの白河に暮らせたことは、何より幸いであった。

しかしいつまでも賃貸の住宅や診療所での暮らしを続けていくことに、不安を抱いていたことも否めない。

さらに、ここは、貸主の同級生の土地ではなく、彼女もこの地を別の人から借りている。そんな複雑な事情もあり、次の再契約時期はだいぶ先になる。

いつまでここで自分たちが診療を続けられるのかという疑問もあった。

仕事に厳格な夫は、自分の視力の低下に、

「歯科医師としての退き際を重視したい」

と、言い出すようになった。

二人で熟慮の末、白河のこの診療所で、ここで出会ったスタッフと一緒に、ここに通院してくれる患者さんを治療させてもらったことで、歯科医師人生を終わらせても悔いはないという思いに至った。

白河の歯科クリニック閉院

私たち夫婦が震災後、白河で営んでいる歯科クリニックは、スタッフと共に、来るべき三月三十一日の閉院に向けて準備を進めた。

閉院のお知らせ

東日本大震災、原発避難のため富岡町の歯科診療所を閉院して、この地に平成二十三年五月開設以来、親しみやすい歯科クリニックをめざして診療を続けてまいりましたが、諸般の事情により、平成二十九年三月三十一日をもちまして閉院することにいたしました。

これまでご愛顧いただきました患者様には心より感謝申し上げます。

今まで受診いただきました患者様の最後の検診、歯のクリーニング、歯磨き指導を重視しております。患者様にはご迷惑をおかけいたしますが、何卒ご理解のほどお願い申し上げます。

クリニック○○歯科

一枚の葉書に、精一杯の感謝とお詫びの気持ちを込めて綴った。年明けからこのメッセージカードを順次送った。

現在通院中の患者さんには、一人ひとり口頭で説明し、できるだけ迷惑がかからないよう配慮している。

「三月いっぱいでここを閉じることにしました」

と、切り出すと、

「せっかく生涯通いたい歯医者さんに出会えたと思っていたのに。今度はどこに行くのですか。遠くても通えればそちらに行きます」

そう言ってくれる患者さんも多い。

「いわき市です。それにもう仕事はやめます」

「やっぱり、浜通りに帰るんですね。それなら仕方ないなあ。先生たちの人生だから、引き留めることもできないしなあ。わかりました。今までありがとうございました」

多くの患者さんは、私たちが原発避難でこの地に診療所を開業したことを知り、古里のある浜通りに戻ることを、好意的に納得してくれた。

患者さんから心あたたまる言葉をかけてもらう度、申し訳ないという思いと、感謝の気持ちでいっぱいになる。

前述の葉書が届き、驚いたと言って、隣家でここの地主Nさんが突然訪ねてきた。

「ここに歯医者さんがあることで、地元の患者さんがどれだけ助かっていることか。特にお年寄りは、先生たちがいなくなったら困るんです。何とかもう少しここでやってもらえないでしょうか」

確かに年配の患者さんは、歩いて通院してくれている方が多い。

「これから、どこの歯医者さんに行ったらいいのかなあ」という言葉もよく聞く。

Nさんの言葉はとてもうれしく、ありがたい。

果たしてこれでよかったのか……。

六年前、富岡町の歯科医院の終わり方は、原発避難というあまりにも突発的なものであり、理不尽なことであった。スタッフや患者さんとは、最後の別れの挨拶を交わすことすらなかったのだ。それどころか、治療も途中の状態だった。

だからこそ、この歯科クリニックの閉じ方には特別の思いがある。この決断をするまでには数年を要した。この診療所が賃貸であることや、自分たちの六十代半ばという年齢、設備や機械の老朽化、その対処も、後継者のいない私たちには、難問である。修理代や、新しいものに買い替えなどをしていくと、赤字経営になる恐れもある。五人のスタッフのこれから先のこと等、諸般の事情を充分考慮して、出した結論だ。

先日のNさんの話を、近くで聞いていたスタッフの一人のMさんが、残念だと訴えた。

「今でも、もし先生たちが、もう一度ここを続けると言ってくれたら、どんなことをしても二人の子供を預けて、一緒に仕事をします。私だけじゃありません。聞かなくても、Sさんも、Mさんも他の二人だって、私と同じ気持ちだということを自信持って言えます」

この言葉にどれほど、心を揺さぶられただろうか……。

『終える』ことが、こんなに厳しいことなのだと痛感しながら、たゆたう自分に抗い、もう後戻りはできないと、自分自身に言い聞かせるしかなかった。

「歯科医院は、あちこちにいっぱいある。自分たちよりも優秀で、新しい技術を習得している先生も多い。ここを閉院すれば、患者さんもスタッフも、もっといい先生に出会えると思うよ」

最後まで揺れていた私は、冷静な夫のこの言葉で閉院する覚悟ができた。

第三章　日々の暮らしのなかで

父の最期に思う

父の終末期に、深く考えさせられたことがあった。

口から食べられなくなった人に対する栄養補給方法として、以下の三つがある。

一、「経鼻胃管栄養」鼻からカテーテルを通して栄養剤を入れる方法。

二、「経静脈栄養」血管に栄養成分を直接注入する方法。

三、「胃ろう」手術によって腹部に穴をあけ、そこに胃ろうカテーテルと呼ばれるチューブを通して栄養剤を入れる方法。

七十代後半まで現役の内科医だった父は、以前から、胃ろう造設や、経管栄養などの延命治療を受けたくない旨を、私たち家族に伝えていた。

しかし、いざ死期が迫ってくると、家族は迷うのだ。

家族が延命治療は受けないと意思表示しても、担当医がそれに否定的な態度を見せた場合は特に困難である。

母と私は父の意志を尊重して、一切ぶれることがなかったが、いつもは冷静な妹が、父の死期を目前にして、心の叫びのように言った。

「食べられなくても、父にもっと生きていてほしい」

三人の気持ちが揺らぎだし、考慮している最中に、父は亡くなった。今でも、「救われた」という気持ちである。

最後まで、食べることに執着し、毎食の食品にもこだわりを持っていた父である。それを思い出すと父の最後の願いが叶って、本当によかったと思う。

終末期医療は難しい問題だ。経口摂取が困難になってくると、医師から家族へ、胃ろうを造設するなどの栄養管理をするかどうか問われることがある。難問である。

実際、父の時も、その後の義母の時も、医師たちは、胃ろうがそれほど深刻な問題ではないように、勧めてきた。

その時、家族が冷静に判断することがいかに難しいか……。実際直面してみなければ真に理解できないことだ。

人として生きる上で、自分の口で食べ続ける大切さ。生活、生命の質の確保が大前提ではないだろうか。

食べることが、生命力維持の目的だけではなく、誰にとっても幸福感を味わうという貴重な行為であることは、言わずもがなである。

本来、動物は口から食べられなくなったら、死んでいくのである。

どんな状態でも生きていたいという人は、胃ろうをつくればいいだろう。しかし口から食べられなくなったら、終わりにしたいと思う人にとっては、胃ろうは地獄でしかない。

私は歯科界に四十年近く身を置いた。歯科医療の充実や口腔健康管理の推進が、全身の健康に大きく影響を与えることを学んできた。

歯を失って噛めなくなることや、筋力低下により噛めなくなることが原因で、健康な高齢者が虚弱者になってしまう例は多い。それを放置すると、低栄養状態になり、全身の運動が制限され、老化を進行させる。さらにそれが、健康寿命の短縮を引き起こすことになるのだ。

「生きることは食べること」

ずっと変わらない私のポリシーである。

義父への詫び状

結婚後、私にとってもう一人の父親が増えたような存在だった義父は、穏やかな性格で、やさしく、賢明な人だった。しかも、器用で何でもできる人だった。自動車や、電気器具にも強く、日常の不具合などは、彼がすぐに直してくれた。

温厚ながら、多くの従業員の気持ちを一つに束ねていく、頼もしいタクシー会社の経営者でもあった。そんな人だったから、誰からも信頼され、慕われていた。

私も、そんな義父を、ずっと尊敬していた。

長男である夫が歯科医師となり、会社の後継者がいなかったこともあり、比較的早く、義父は一代で築いた会社を閉めて、退職した。

早朝から深夜遅くまで勤務していた義父は、仕事から解放され、引退後は旅行や家庭菜園を楽しむ日々を送るようになった。義父の作る野菜は、みずみずしく新鮮で、おいしかった。

いつ頃からだったのか、鮮明には覚えていないが、穏やかだった彼はだんだん気難しくなっていったように感じた。

書道や水泳、ダンスなど多趣味な義母に対して、口うるさく、

「今まで何をしてきた」

と、声を荒らげて、不信感を露わにするようになった。

義母が激しい痛みを伴う、帯状疱疹後神経痛という病気になってから、思うように家事ができない彼女に、攻撃的な言葉を発するようになっていったのである。

当時、闘病中の義母にばかり気を取られていたこともあり、私たち夫婦は、義父が認

知症になっていることに気がつかずにいたのだ。検査を受けて認知症という診断が確定された時は、もうかなり症状が進行していた。

さらにパーキンソン病も併発し、自分のことさえままならない義母は、私たちに、もう義父と一緒に暮らすのは無理と、訴えた。義父には、施設に入所してもらうしかなかった。

もっと早く、義父の症状に気がついていれば、進行を抑制することができたかもしれない。認知症に関して全く無知だった私たちは、義父に対して、すまないことをしてしまったという後悔の念を強く抱いている。

元来穏やかな人だったのに、だんだん粗野になり、まるで人格まで変わってしまったように、暴言を吐いたりするのを、単なる老化現象と思い込み、軽蔑する気持ちを抑えきれなかった。

それが、認知症に伴う症状だということを知らなかったのだ。

毎日義父母宅を訪れては、闘病中の義母ばかり気になって、口には出さなかったが、〈もっと義母をいたわるべき〉と、義父に対して反発の気持ちを抱いていた。

「あんたは、いつも、こっち（義母）の味方ばかりするんだから、もう来ないでくれ」と、義父が、私の気持ちを全て見通しているように言い放った時の、語気の強さが、ずっと耳に残っている。

施設に入所してから一年足らずで、義父は眠るように他界した。

葬儀の際に、遠方に住む初めて会った義父の姉から、声をかけられた。

「あなたが、英子さん？」

「はい、そうです」

「いつも、弟があなたのことをね、明るくて素直なとてもよいお嫁さんだと、ほめていたわよ。まるで、本当の娘のようだと……」

思いがけない言葉だった。

それなのに、私は晩年の義父に寄り添おうと努めなかった……。

義母との別れ

義母が八十歳で急逝してから数年経っても、果たしてあれでよかったのだろうかという思いに駆られていた。

寂しがりやで、誇り高い彼女が避難先の病院で独り迎えた臨終……。

東日本大震災が起きた二〇一一年三月十一日の翌日、東京電力福島第一原子力発電所事故のため全町避難という緊急事態。私たち夫婦と介護施設に入居中の義母との連絡がつかないまま、古里富岡町から避難することになった。

私たちは最初郡山市のビジネスホテルへ、その後娘の住んでいる会津若松に避難した。

以前からパーキンソン病を患い、身体の自由がきかない義母は、施設の皆と、最初同郡内の川内村へ避難した。その数日後、川内村にも避難指示が出され、さらに福島市へと避難していた。

ほどなくして、会津若松市の娘の勤務している病院に義母を入院させてもらう手はずを整え、私たち夫婦は、福島市の介護施設でお世話になっている義母を迎えに行き、会津若松市へ連れてきたのである。

突然の古里からの退去。しかも私たちと連絡がとれず、彼女はどれほど心細かったことだろう。でもこうしてまた会津若松市に住めることになり安堵したのだったが、数ヵ月後私たちは、白河市で歯科医院を再開業することを決め、引っ越すことになった。しかし病弱な義母を白河市に連れていくのは無理と判断した。入院中の病院には関連の介護施設もあり、ここにいるのが、彼女の健康にとっては最良と思われたからである。

私たちは週末、白河から会津若松の義母の元へ、通い続けた。当初面会を喜んでいた彼女は、病状が進行したためか、顔の表情が乏しくなっていき、しだいに笑顔を見せることもなくなり、声をかけても、返事をしなくなっていった。

けれども、会津若松で義母と会うことが、私たちには貴重な時間に思えた。そんな暮らしが一年ほど経過した秋、義母は急逝した。

内心は、原発避難という事態が起きなければ、義母は古里でもっと長生きできたはずという思いでいっぱいだった。

会津で執り行った葬儀には、各地の避難先から、生前彼女と関わりの深い方々が集まってくれた。同県内であっても、浜通りとは風習の違いがあり何かと戸惑うことも多かったが、会津の葬儀屋さんのあたたかい配慮で助けられた。

先祖代々の土地や家を守り続けてきた義母にとって、愛着ある古里からの突然の退去が、どれほど大きな喪失感を与えたことだろう。さぞかし古里富岡町に思いを馳せていたことだろう。

しかし一方で、原発避難だけが辛い思いをさせた原因ではなかったという気持ちもあることは否めない。たとえ古里を離れて戻れなかったとしても、私たち夫婦と会津若松市で一緒に暮らせたら、彼女はもっと幸せだったかもしれない。

白河で新たに仕事を再開するために、義母を独り会津若松市の病院に置き去りにしてしまった……。

苦渋の選択だったが、私たちは一番大切なものを見落としていたのかもしれない。彼女の心情や生活をもっと考えることが欠如していたのではないか。そんな思いに駆られ、しばらくは平静でいられなかった。

生前私たち夫婦と離れて寂しい思いをさせたという気持ちと、古里が避難指示解除されていないことから、義母の遺骨をもう少しそばに置きたいという思いが強く、納骨できずに、白河市の私たちの仮住まいに長い間置いてあった。それが私たちの気慰みになっていたのである。

数年後、私たちの気持ちも落ち着き、区切りをつけようと、ようやく富岡町の菩提寺に納骨することができ、胸のつかえが取れたような気がする。

富岡町に嫁いですぐ、お金には「生き金」と、「死に金」があると話してくれた義母。少し耳の痛い話ではあったが、その言葉は、今でも心に刻まれている。その言葉通り、彼女は生き金と判断し、ここぞという時には、潔くお金を使うあっぱれな女性であった。

そんな彼女が身体の自由が利かなくなった晩年、義父母の重要な書類、実印、貸金庫の鍵などの全てを、実の息子や娘ではなく、嫁の私に託してくれたことを誇りに思っている。

花を生ける

秋田の実家の玄関には、いつも母が生ける凛とした生け花が飾られていた。それを見て育ったからだろうか、生け花にずっと心惹かれていた。

震災前に暮らしていた富岡町の自宅兼歯科診療所は、花屋さんの二軒隣にあった。その花屋さんの店主が指導するフラワーアレンジメント教室に長年通っていた。花屋さん主催だから、花材は豊富。最後に先生が手直ししてくれるので、完璧な状態に仕上がった作品を持ち帰り、歯科医院の入口にそのまま飾れたのが幸いだった。二週間に一度教室に通っていたから、常に作品は新しい。

「この花を見るのを楽しみにしています」

私の生けたフラワーアレンジメントを、喜んでくれる患者さんやスタッフが少なくなかった。

自分の作品を他者に認めてもらうことは、大きな喜びであり、また次へと意欲を持続させることになり、花を生ける楽しさを満喫していた。東日本大震災と、原発避難という事態になるまでは……。


白河市に新たに歯科医院を再開業した直後は、花を生ける心の余裕などなかった。しかしふとした時に、以前私が生けていた花の写真をスタッフに見せたことがきっかけで、一人の歯科衛生士さんが、出勤前に自宅の庭から、花を摘んで持ってきてくれるようになったのである。

そのやさしさが心にしみた。富岡町で生けていた頃のような豪華な花材ではなく、どこにも咲いているような素朴な花々を、愛でるように生けた。以前とは違って誰も教えてくれない不安はあったが、教室で習ってきたことを、復習するような気持ちだった。

そんな拙いフラワーアレンジメントだったにもかかわらず、白河の診療所において も、多くの患者さんやスタッフが、私の生けた花を喜んでくれた。

「我が家の庭にもあるような花で、こんなに素敵に生けられるんですね」

患者さんたちも次々と自宅の庭の花を持ってきてくれるようになり、時には待合室が たくさんの花に囲まれるほどだった。

花を通して、患者さんと歯科医の私との距離感が狭まったのを感じて、花を生けるこ とが、こんなにも役立つことになろうとは、思いもよらなかった。

友の思い

三・一一の被災とそれに伴う原発避難を体験し、たくさんの方々から思いやりや支援 をいただいた。

なかでも、友からの思いは非常時だからこそ深く心にしみた。

突然の避難指示で温暖な気候の浜通りから、三月とは言え、まだ朝晩寒さの厳しい会津若松市の娘のアパートに身を寄せた直後、南会津在住の大学の同級生が、自分の勤務を終えた夜間にもかかわらず、わざわざその頃入手困難であった灯油や、暖房器具、防寒着などをすぐに届けに来てくれたのだ。

彼の優しさが、まだ避難したばかりで呆然としていた私たち二人の心を和ませてくれた。

「一人暮らしで使いきれず、頂き物ですが、未使用の日用品を送りますので、使ってください」という手紙と共に、生活物資が、同郷の秋田の友人から数回にわたり送られてきた。それらは、寝具、食品、食器、さらには、「新しい診療所に飾ってもらうとうれしい」という添え書きのある、彼女のいとこが描いた優しい色使いの絵画まで含まれていた。

このような大人の女性の細やかな配慮の仕方があるのだということを、私は彼女から学んだ。

物資だけではなく、私を熟知している友なればこその贈りものもあった。文章好きな私に、今この苦境にある自分の思いを、文章に綴ってみたらどうかと言ってくれたのだ。歯学雑誌に私のエッセイを掲載してくれるという機会を与えてくれた。字数約三千というかなりのスペースを確保してくれた執筆依頼は、当時の私にとって、この上ないうれしい出来事であった。その頃抱いていた憤懣やるかたない思いをストレートに綴った。こんなことに負けずに新たな気持ちで生きていくぞという前向きなメッセージを飾らない言葉で表現した。それを記すことで、自分自身をより強く鼓舞できたように感じる。

今読み返してみると、被災からまだ日が浅かった頃に綴った文章は、思慮が足りない拙稿であるが、当時の自分の「書かずにはいられない」という気持ちが蘇ってくる。

お互いの結婚式以来、直接会うこともなく、ただ年賀状のやり取りだけになっていた秋田の中学・高校時代の同級生は、原発避難をすることになった私にすぐ電話をくれた。そしてようやく白河に落ち着き、職場と賃貸住宅を確保できた私に、面会に来てくれた。

今の私がどんな状況にあるのかと案じていた彼女は、

「とにかく直接会いたいという気持ちを抑えられなかった」

と言った。

三十数年ぶりに会ったのだが、時の隔たりを少しも感じることなく、すぐに当時の親密さを取り戻し、お互いの今までの半生のあれこれを語り合うことができた。

被災から学んだことは、「ある日突然支えてもらう立場になりうる」ということ。援助の手を差し伸べてくれる人のありがたみを、身をもって感じた気がした。

改めて、周囲の人との「支え、支えられる」穏やかであたたかな人間関係を大切にしていきたいと思っている。

渚のアデリーヌ

私たち夫婦が白河で歯科クリニックを営んでいた時、歯科衛生士Mさんが、女の子を出産した。

Mさんにとっての二度目の出産は、かなり安産だったようで、すぐに誕生したばかりの赤ちゃんの写真を添付したメールが送られてきた。

「無事、三八〇五グラムの女の子が生まれました」

という連絡に、

「望んでいた女の子の誕生おめでとうございます」

と、私もすぐに返信した。

実は、最初のお産の時、女の子と言われていたのに、いざ出産してみると男の子だったといういきさつがあり、今回も女の子と言われていたらしいのだが、出産してみないとわからないと、彼女は心配していたのである。

今回ようやく念願の女児の出産で、彼女の喜びはひとしおだったのだろう。そう思っていたら、すぐにまた彼女から新しいメールが届いた。

「赤ちゃんの名前はもうずっと前から決めていました。『渚』と名付けました。由来はもちろん、先生がピアノの発表会で弾いてくださったあの曲です！　診療室でもずっとお腹のなかで聴いていたと思うので……」

思いがけない文面に、静かに大きな喜びが湧いてきた。

当時私は新天地での生業の再開と共に、余暇をどのように過ごすかを考えて新しいことに挑戦しようと、ピアノ教室に通い始めたのである。そして私にとって五度目のピアノ発表会で、以前からいつか弾きたいと思っていた『渚のアデリーヌ』を演奏した。

例年のように、私の拙い演奏を聴くために、本院のスタッフ五人全員が会場に駆けつけてくれた。せっかくの休日を返上して、私のために集まってくれる彼女たちに感謝して、精一杯弾いた。
四、五十代以上の世代であれば、ほとんどの人が知っていると思う、一九七六年、ピアニストのリチャード・クレーダーマンが演奏して大ヒットした美しい曲。

まだ二十代のMさんにとっては、なんとなく聞いたことはあったようだが、あの曲がとても新鮮だったらしい。私のピアノ発表会で、『渚のアデリーヌ』という曲名を初めて知ったのだと、話していた。

私が発表会でこの曲を演奏し、それを初めてじっくり聴いたMさん。その後も診療室で毎日のように、私はこの曲が入っているCDをかけていたのだ。しかもそれは、他のスタッフの一人が私のために発表会を記念して、プレゼントしてくれたCDである。

Mさんはこの美しい曲に魅せられ、自分の今度新しく生まれてくる女の子に思いを巡らし、『渚』と名づけたのである。

もし、このクリニックで私と彼女が出会っていなければ、今度誕生した赤ちゃんの名前は果たして何だったのだろうかと考えると、不思議な気がして、縁の深さを改めて感じる。

出会いは宝

書物から得る様々な学びはもちろん多いが、実際身近に出会った人たちから学ぶことも少なくない。

その人たちの生きる姿勢を通して学んだことは貴重で、自分に大きな影響を与えてくれたと感じている。

大切な友の死去から十年以上も経つが、彼女の数年間に及んだ闘病中の姿が、今も鮮明に心に残っている。

歯科医師が天職のような、手先の器用な女性であった。

仕事をしている時は、病気のことを忘れると語り、患者さんの歯科治療に専念していたが、病が進行して治療ができなくなっても、彼女は手先を動かし続けていた。よほど細やかな作業が好きなようで、レース編みやパッチワークなど、いつも手芸を楽しんでいた。

愛する一人息子さんのため、一日でも長く生きていたいと願い、辛い抗癌剤の副作用に耐えながら、

「病気でも、私はいつも元気よ」

と明るく、口癖のように自分自身を鼓舞し、六十年の人生を気丈に生き抜いた。

彼女の残された時間を、少しでも一緒に共有したいと、音楽のコンサート、映画鑑賞、満開の桜を見ながらのドライブなど、思い出は枚挙にいとまがない。

彼女が作ってくれた、配色の美しいパッチワークの小物入れやブックカバーを今も大切に使っているが、それらを見ていると、果たして私が病気になったら、彼女のようにふるまえるだろうかと思ってしまう。

最期の日まで、真摯に強く、凛として自分の命を全うした彼女は、この先病気になった時の手本として心に刻まれている。

大学の同級生Nさんは、元県立A高校の英語教師だったが、父の経営する歯科医院を継承しようと歯科医師を目指して辞職し、私と同じ歯科大学に入学した。教師というキャリアを捨てて、三十代で新たな分野に挑戦した彼女だが、胸に秘めた強い意志をあえて感じさせないような穏やかな女性である。

卒業後、郷里で歯科医院を経営しながらも教育委員を務めたり、ゾンタクラブ（女性の地位向上と社会奉仕を目的とした、企業の管理職や専門職の指導的立場にいる人が共に活動する世界的な奉仕団体）の支部を設立し、今も活躍している。

開業以来近くの小学校の歯科学校医として三十年間、検診のほかブラッシング指導、講話等の口腔衛生活動を続けてきたことが評価され『日本歯科医師会会長賞』を受賞している。

語学力のある彼女は、海外旅行はもちろん、ゴルフ、ピアノ演奏と多趣味である。その知性と旺盛な行動力にもかかわらず、いつも柔和で偉ぶることが全くない。

ずいぶん前だったが、

「私の周りには、なぜか薄幸の女性が集まってくるのよね」

と、彼女が私にしみじみ話したことがある。

なんだかわかるような気がした。

優秀で強い女性の前向きな姿勢は、同性としてあこがれの対象である。しかも彼女は柔和な雰囲気で、他者を排除したりすることがないから、皆から慕われるのだろう……。

彼女のそうした人間性にずっとあこがれている。

実は、私が五十代からピアノを習い始めたのは、彼女の影響だ。

十代の頃の私のあこがれだったA大学英文科卒業、外資系企業の秘書、英語教師という経歴の彼女に近づけるものがほしかったのかもしれない。どんな時もピアノは自分を癒やしてくれると言った彼女の言葉が胸に響いた。ならば私もピアノにチャレンジしてみようと思いたった。

晩年の継母を、彼女は多忙にもかかわらず、介護施設に任せずに、できる限りの面倒を自分でみていた。

「父親が亡くなった後も、継母が私や姉や弟にしてくれたことを思えば当然のことだから」

という彼女の言葉に、

「なかなかできることじゃないわ」

と感心した私に、秋田弁のおだやかなイントネーションで、

「なんも、たいしたことないよ」

という彼女の返答が耳に心地よく、忘れられない。

賢明な人は、いつまでも謙虚であるということを、彼女から学んでいる。

震災後白河市で、お世話になった税理士S氏（不動産鑑定士でもあり、黄綬褒章受章者）は九十代であるが、今も仕事や趣味に忙しい日々を送っておられる。

一昨年、歌文集『銀河燦々』を拝読させていただき、彼の人間性や人生観、信念にますます心惹かれた。その著書に次の一節が記されている。

長い一生をどんな家庭に生まれるかで、人のスタートは大きく異なる。

私自身について言えば父が通常人の感性をもたぬ働かない人であったので、六人兄弟の長男たる私は、若い時は家計を支えるために大変な苦労をしたが、「運命の力」が幸運に導いてくれた。

「人生は努力半分運半分」と、曽野綾子は教えているが、案外運の割合はもっと大きいかもしれない。

しかし略歴（税理士事務所と不動産鑑定所を経営しながら、四十代以降、某短期大学通信教育部経済科卒業など）を見る限り、現在の立場は、相当な努力の賜物であろうと、私は察する。

文学や芸術にも精通し、現在も、好きな美術展や、聴講したい講義があれば一人で上京し楽しんでいらっしゃるようだ。

グレーヘアで長身のS氏は、パリの街並みが好きとのことで、欧州を中心に約六十回海外に出かけ、世界の街並みを調査、研究してきた。

年二回、暑中見舞いと年賀状をずっといただいているが、葉書一面にびっしりと自分の現況報告と、その時節の政府批判なども厳しく綴られているのには、驚かされる。自分の考えを、いつも怯むことなく明言する姿勢はあっぱれである。九十代でもなお矍鑠として、物申す人である。

含蓄に富んだ話を聞かせてもらったことは幸いだ。さらにまだまだ学ぼうとする彼の勤勉な姿勢に奮起させられる。

書くこと

小学生の頃から、作文が好きだった。夏休みの宿題の一つに読書感想文がある。低学年の時、新聞社主催の読書感想文コンクールに入賞してから、ますます作文が好きになった。

大人になっても、書くことが好きなのはずっと変わらない。大人には、作品を発表する機会がなかなかなく、新聞の読者欄へ投稿したりしたが、物足りなく感じていた。

震災前、地方紙の読者がエッセイを書くコラム欄に執筆するチャンスに恵まれた。字数制限は千三百字、掲載は五回で、書き応えがあった。テーマは自由、いつかどこかに発表する機会があればと、以前から書き溜めていたものを基に、真摯に綴った。拙稿が新聞に掲載されると、予想以上の反響の大きさに驚いた。

かつて大学の同級生四人で行った京都旅行について書いた時は、今後の旅行の参考になると喜んでもらえた。

いじめ問題に取り組んだ時は、小学生時代に自分がいじめられた経験も隠さず書いた。現在我が子がいじめられているという母親たちからの手紙が多数寄せられ、感慨深かった。

ペットの放棄をテーマにした時は、掲載直後、動物愛護団体の方々から、感謝の言葉を多数いただいた。

毎回テーマを全部違うものにしてよかった。

「次のテーマはなんだろうと、毎回楽しみにしています」

と、知人や見知らぬ読者から、うれしい声を寄せられたりした。

この執筆経験がますます、書くことを好きにさせたのである。

以前から、退職して時間に余裕ができたら、添削指導のみの通信教育だけではなく、直接エッセイ教室で学ぶのが夢だった。月一回上京して、講師からの指導だけではなく、同年代の仲間とお互いのエッセイを合評し合う教室に巡り合えてよかった。

今、通っているエッセイ教室の講師A氏は、早稲田大学卒業。元新聞記者。良寛や司馬遼太郎に関する著書をはじめ、数々の名著を上梓されている文筆家である。

講師A氏のプロフィールにあこがれて、この教室を選択し、通い始めた。

正直言うと、早くもっと上手に書けるようになりたいという、浅はかな思いがあったのも否めないが……。

そんな軽薄な思いはすぐ吹き飛ばされた。書くことは、想像以上に難しく、奥が深い。

A氏は、生徒皆に平等な評価をするように心がけていて、一人の作品だけを特にほめたりすることはあまりしない。それぞれの作品の長所、短所を見出そうとするやさしい人柄ではあるが、文学的な観点からの講評は甘くはない。特にエッセイには書き手の感性や人間性などが如実にあらわれるから、ごまかしがきかない。

「書くことを学びにくる志のある人ならば、まず課題にもっと真剣に取り組むべき」と、いつも言いたいのだと察している。

小手先の表現方法や技術を学んでも、読み手の心に響くような作品は書けないことを、思い知らされた気がする。

A氏に出会い、書く前にまず、物事を掘り下げ捉える力を養い、感性を磨く必要があることに気がついた。

改めて、早く上手に書きたいと願っていた稚拙な自分の愚かさを知った。

文学にしろ、芸術にしろ、スポーツにしろ、何事にも容易に高みを目指す方法なんて、あるはずがないのだ。

さらに二〇二〇年、大阪文学学校という存在を知って、年四回のスクーリングであれば、福島からでも参加できると思い、通信教育部に入学した。

一九五四年創立、これまでに延べ一万三千人が学んだ歴史ある学校である。芥川賞作家の田辺聖子さん、玄月さん、直木賞作家らを輩出している学校だ。

「ことばと創造力にこだわって、文学をスケールの大きな人間生活の道場にしたい、それが大阪文学学校のテーマです」と、学校案内に記されている。

実際通信教育部、エッセイ・ノンフィクションクラスに入学してみると、入学開講式後わずか六日後に、一回目の作品提出の締め切りになる。字数制限なしのテーマは自由。さらに一ヵ月後に、課題図書「読書ノート」締め切り提出。これは作品説明ではなく、読み手としての驚きや発見を綴るものである。さすがに名門校だけあり、一般的な通信教育に比較すると充実していて、かなりハードである。

入学から二ヵ月後の第一回スクーリングに参加してみると、さらにその場に集まっている学生たちの熱気と、真剣さに驚かされた。

チューター（講師）O氏（広島大学卒業、元新聞記者、文筆家）は、穏やかに司会をしながら、指導とともに進行をつとめる。

四時間以上にも及ぶ合評会である。それぞれの作品を出席者皆で評価しあい、意見交換するのだ。

O氏の最初の言葉は、「ここに集った皆さんは、学ぶために来ているのだから、褒め合うことよりも、忌憚なく厳しい意見を」だったが、これほどまでストレートに仲間の作品に厳しい感想を述べるのかと、新鮮な驚きを持ちながら、私も大いに言わせてもらった。

自由な議論を阻害しないように配慮しているチューターO氏の人柄にもひかれる。

この学校には、生半可な気持ちで入学した人はいないようだった。集まった学生の年齢層は幅広い。一様にみな真剣で、文学への熱い思いを抱いてこの場に集結しているのを感じ圧倒された。

書くことを極めたい人たちが、こんなにたくさんいることを改めて認識した。

ピアノ教室

娘が以前弾いていたピアノが、ずっと使われずに勿体ないと思いながら、かなりの年数が経過していた。

だったら、私が弾けばいい……。

東日本大震災が起きた二〇一一年の一月、新年を迎え、ようやく意を決して大人のピアノ教室にチャレンジしようと入会した。

幼少期に一年足らずでピアノ教室を辞めたことを思い出し、何度も躊躇したが、あれから半世紀近く経ったのだから……。もしやはりダメだったらやめればいい。まず一歩踏み出してみようと決めた。

五十の手習いだったが、心配は無用だった。親に勧められて通っていた子供の頃とは全く気持ちが違う。今回は自ら希望して選択したことだ。担当の講師は気さくで、レッスンは軽快に進み、四十分があっという間に感じられた。教本は大人のピアノ教室で使う初級者向けから始めたので、あっという間に一冊目を終了した。その喜びと自信が功を奏した。習い始めた日の夜から、毎晩ピアノの練習をするようになり、予想以上に充実した日々を送ることになった。

皮肉なことに教室に通い始めて二ヵ月後、三月十一日の東日本大震災被災と原発避難というまさかの出来事に直面した。一ヵ月、二回のレッスンだったので、たった四回のレッスンを受けただけで、その教室は閉鎖になってしまったのである。

「小さな手だけれど、厚みのある指先だから、ピアノを弾くのに向いている」と言ってくれた講師の言葉がうれしく、忘れられない。

震災と原発避難のため、福島県富岡町にある夫と二人で開業していた歯科医院、兼自宅からの退去を余儀なくされた。当時娘が県内の会津若松市の総合病院に勤務していたことから、娘の社宅のアパートに避難した。突然職場を失い手持ち無沙汰になり、テレビを見ても、読書をしても、ありあまる時間を持て余し、虚無感に襲われていた。

意外にもピアノを弾きたいという強い思いだけはあった。この状況から脱したら、一番先にピアノ教室に再入会して毎日ピアノを弾く日常を取り戻したかった。

五月になり避難先として白河市に落ち着き、歯科医師の仕事を再開できる目安がつき、ピアノのレッスンも再開しようと決めた。富岡町から持ち出せない娘のピアノのことは考えても仕方なく、諦めることにした。今の自分にピアノは絶対必要と思い、賃貸の集合住宅に適した、音量調節可能で、コンパクトな電子ピアノを購入し、すぐにピアノ教室に入会した。

富岡町で指導してくれた講師が、新しく入会申込みした白河市の教室に連絡してくれ、習っていた教本や練習状況を伝えてくれたおかげで、スムーズに、以前の練習から引き続きできたのが幸いだった。そんなやり取りのなかで、その講師は避難先でピアノ関連の仕事が見つからず、事務の仕事に就いたことを聞き、彼女の思いを察すると残念でならなかった……。

白河市に避難したばかりのあの頃、ピアノを弾けるようになったことがどんなに私を癒やしてくれただろうか……。

白河市の教室で教わることになった先生はとても繊細で、原発避難してきたばかりの私の何気ない話題に、涙するような女性であった。彼女は以前使用していた教本のほかに、ピアノの指のトレーニング教本として『ハノン』も併用してレッスンを進めていった。『ハノン』は指をうまく動かしていくためのものであるが、それをなかなかうまく弾けない私にはかなりのプレッシャーに感じられた。『ハノン』がどうしても苦手で、せっかく楽しかった自宅での練習が苦痛になり始め、講師にそのことを正直に話した。「これから好きな曲をどんどん弾けるように、指の練習は大切だから……」と、彼女は初め難色を示したが、次第に私の気持ちを汲み取ってくれ、この教本を使わないことを容認してくれた。あのまま、『ハノン』の練習を強いられていたら、おそらくピアノ教室を長く続けられなかったように思う。正直に自分の本音を伝えてよかった。

残念だったが、私の願いを聞き入れたその講師が結婚、辞職することになり、新しい講師へ代わることになった。

その後五年間指導してくれた講師はとても明るく温厚で、まわりを和ませるような女性だった。

「ジャンルにとらわれず、どんどん好きな曲を弾いて楽しんでいきましょう」

という彼女の言葉がうれしかった。仕事を終え帰宅し、自室でヘッドフォンをつけてピアノに向かう時間が、何物にも代えがたい楽しみだった。初心者の私にはかなり難しいと思われる曲でも、彼女は、私の希望を快く受け入れてくれ、その曲を弾けるまで根気よく見守ってくれる度量の大きな指導者だった。次々に弾きたい曲にチャレンジできたのは、彼女のおおらかな指導のおかげで、感謝しきれない。

二〇一三年、トヨタ自動車のテレビコマーシャルで使われていた、「まらしぃ」演奏のピアノ曲に魅せられ、身のほど知らずにも、どうしてもその曲を弾いてみたくなった。この楽曲『千本桜』は、二〇一一年九月、黒うさPが作詞、作曲、編曲し、ボーカルに音声合成ソフト「初音ミク」を用いた軽快なロックナンバーである。歌詞は明治維新後の西欧文化を取り入れた時代を舞台とし、動画の映像は大正ロマンの雰囲気を感じさせるようで、かなりインパクトのある楽曲で、その後小説やミュージカルにまで波及効果をもたらした。とにかく、かなりスピード感ある難度の高い楽曲である。この曲を練習しすぎて、腱鞘炎になった生徒もいると講師から聞いた。初心者の私には無謀な挑戦だったが、根気よく指導してもらい、約一年がかりでなんとかようやく、たどたどしくも弾けるようになったものの……。この経験から選曲を考えるようになった。

もう一つの思い出の曲は、発表会の定番とも言われるほど有名な『渚のアデリーヌ』である。既出の話を再度語るが、この曲を発表会で弾いた時、経営していたクリニックのスタッフが聴きに来てくれ、そのなかの一人が、自分の子供に、この曲名から、『渚』と、命名したのだ。

諸事情により職場の歯科クリニックを閉院して、白河市から去って来る時、六年使用した電子ピアノをクリニックのスタッフの子供さんに譲ってきた。二人の姉妹に使ってもらえてうれしい。

退職しいわき市に移り住み、時間に余裕もでき、新たにピアノを購入して、またピアノ教室に通うことにした。集合住宅から一軒家になったことで、音量制限せずに、思いっきり弾けるようになったことが最もうれしい。

新しい講師ともすぐに気が合い、楽しいレッスンを再び受けられることに満足だった。

いつかはあこがれのジャズピアノを夢みていた私が意気揚々と弾いた『テイク・ファイブ』だったが、

「なんか、演歌っぽいね」

と言った彼女の言葉にかなり意気消沈した。

後からジャズと演歌について調べてみると、意外にも両者には共通点があると言っている音楽家もいた。過剰な感情表現、強調、誇張が多く使われ、派手な高揚……。両者にこの共通性を感じると記されている。となれば、私の演奏もそれほど悲観することもないと思え、いまだジャズピアノへのあこがれは消えない。

以前お箏を習っていた私は、お正月によく弾いていた箏曲の『春の海』をピアノで演奏してみたいと、チャレンジした。この曲をピアノで弾きたいと言ったのは私ぐらいらしく、かなりユニークな選曲だと驚かれたが、講師も喜んで付き合ってくれた。

おそらくこの先引っ越すことはないだろうと思い、今後老いても指を動かせるうちはずっと、彼女から指導を受けたいと願っていたが、残念ながら彼女の家庭の事情で、新しい講師と代わることになった。

ピアノを習い始めて十年になる。現在指導してもらっている講師は、五人目である。これまでレパートリーを増やすことに執着し、次々と新しい曲に挑戦していた私は、この講師との出会いにより、ピアノへの向き合い方を大きく変えることになった。

「大人のピアノ教室では、弾ける曲が多いことがそれほど大切だとは思いません。ただ楽譜通りに弾くことに満足せず、自分が選んだ一曲を大切に、丁寧に弾くことを重視したらどうでしょう」

彼女のストレートな言葉が胸に響いた。習い始めは、とにかくたくさんの曲を楽しく弾くことが大事だったが、ある程度弾けるようになった今は、彼女の言う通りだと、素直に受けとめることができた。

選曲に関しても、今までのように自分勝手に決めず、今の私の演奏できる力量にあった曲を薦めてくれる。

彼女の指導は、今までの講師に比較してかなりインパクトが強い。

最初、ピアノに向かって座る姿勢から注意された。

「正しい姿勢で座り、腹に力を入れて、もっと身体全体で弾くような気持ちで」

それなりに楽譜通りに弾けると思っていたのだが……、

「ピアノを弾いているというより、鍵盤を叩いているように聞こえます」

忌憚なく語られる彼女の言葉はかなり厳しいが、その後実際に彼女が弾くピアノの音色を聞けば、歴然たる違いに納得がいく。

「ピアノは音色が大切。どうしたらきれいな音色になるか常に考えて、この曲に命を吹き込むように弾いて」

曲の出だしの数音を弾いただけで、

「ダメ。今の弾き方には、これからこの曲を弾くという気構えが感じられない」

と制止させられたことも少なくない。

「同じフォルテ（強く弾く）の記号にも、激しく強いフォルテと、やや柔和なフォルテがあるから、曲をもっと理解してそれぞれ使い分けて弾いて」

毎回、こうした熱い言葉をかけてもらいながらの四十分間のレッスンは新鮮で、濃密な時間だ。言葉に思い入れの深い私にとって、次のレッスンには彼女からどんな言葉が発せられるのかと、毎回楽しみである。

習い事は、指導者と学ぶ者との相性も重要だと思う。その点私は恵まれていた。

さらに最近強く思うことがある。自分の思いをさしはさまず、教わった通りそのまま受け入れるのも学びの秘訣かもしれない……と。学びは、まずそれが最初の一歩であり、次に飛躍するためのステップなのだと思っている。

今まで、それぞれ個性の違った五人の講師からピアノを教わる機会を得たことで、自分のピアノの世界が大きく広がったのを感じている。

母を思う

「損して得取れ」が母のお気に入りの言葉だったように思う。

私がまだ二、三十代だった頃、母からこの言葉をよく言われた気がする。今振り返ると、その頃の私は自分の思い通りにいかないと、「自分には理不尽なことが多い」と考えていた。そんな私を、母は心配していたのだろうと察する。その言葉をあまり好きではなかったが、年齢を重ねてみると、いい言葉だと思えるようになった。母にそのことを伝えると、「そんなことを言っていたかなあ」と素っ気ない返事。

九十代になり、年々忘れやすくなっている彼女にとって、過去の良かったことも、悪かったことも、忘却の彼方になっているようだ。仕方のないことだが、やはり残念だ。

母は元看護師だが、結婚してからはずっと、専業主婦として暮らした。三十年も前のことだが、還暦記念の同級会開催のお知らせの葉書を見ながら、母は何か思いを馳せている様子だった。

同級生で母と一番仲が良かった女性Nさんは、結婚せずに看護師の仕事を続け、今では大学病院の看護師長になっているんだと、私に何気なく言った……。

その言葉の裏には、もし、母も結婚していなかったら、友人Nさんと同様な人生を送っていたかもしれないという、思いが伝わってきた。かつて一度もそのようなことを口にすることはなかったが、おそらく結婚前の母には、看護師としての仕事への強い意欲もあり、葛藤があったのだろうと推測する。

母は穏やかな性格で、かなり好き嫌いが激しくてわがままな父に、反発する姿をあまり見たことがない。おそらく母にとって、理不尽なことも多かっただろうに……。正直言って、そんな母親を、物足りなく感じていた時期がある。父に遠慮して、言いたいこともがまんしているような母親に、未熟だった私は、女性としての魅力をあまり感じられなかった。

でもいつの頃からだろう……。

一見、いつも父の言いなりになっているように見えて、実際には尊大な態度をとる父に対して、時にはたしなめたりしている母の様子に気がついた。表向きはいつも父親を立てているのに、二人だけの時はしっかり手綱を握っていたように思う。

母親がそんな賢明な女性だったのだと気がついたのは、私が結婚して他県に嫁ぎ、私も親の立場になってからのことである。

父が他界したあと七十代後半から米寿まで、気丈に独り暮らしをして、以前から習っていた生け花のほかに、茶道、着付け教室などに通い続けた。「どの教室でも私が最高齢者だよ」と、はにかんでいた母が好きだ。

九十代になった母は今、高齢者施設で暮らしている。新型コロナウイルス感染予防対策で面会禁止が続き、二〇二〇年は一度も母に会えなかった。以前のように、たまには母の好物を用意して、母の部屋で一緒に昼食を摂りたいが、叶うことはあるだろうか……。

せめて、どんどん丸く小さくなってきた母の背中をさすってあげたい。二〇二〇年十月、ようやく厚生労働省は、高齢者施設での面会制限を緩和する方針を示した。面会が許可されたら、いつでもすぐに会いに行けるよう、私自身の健康状態を万全に備えて、スタンバイしておこう。母との再会が、待ち遠しい……。

コロナ禍で

新型コロナウイルスの感染拡大で世界は一変した。

外出自粛が続いた二〇二〇年春、今まで通りの日常生活が大きく制限され、当初戸惑いとフラストレーションがたまった。しかしこの感染症が一部の地域の問題ではなく、世界中の皆が同じ状況下であることで、諦めと、現状を受け入れる心の変化を感じる。

毎日のように通っていたジムの休業で行き場がなくなり、自宅で過ごす時間が長くなった。この期間に断捨離して、我が家をスッキリさせようと意気込んだが、元来不得手な部門であまり進まなかった。しかし山積みになっている本から片づけ始めたのが幸いした。

いつか読もうと買い込んでいた未読の本がいっぱい見つかった。それらを無駄にせず読もうと決め、久しぶりにかなりの時間を読書に費やすことができた。以前あまり良さを感じられなかった書籍を読み返すこともしてみた。すると、以前気づけなかった長所を、今なら見出せる自分を発見した。明らかに、自分の感性が前より研ぎ澄まされたのを感じ、うれしい体験だった。

外出できない状況で、配信されている動画をおおいに活用して新たな楽しみを得ることができた。以前から聴きたいと思っても、チケットがなかなか入手できないピアニスト上原ひろみ氏のコンサートを自室で視聴し、素適な一夜を過ごせ充足感に浸った。

白鵬大学WEBフォーラム「きたやまおさむと語る『危機と日本人の深層心理』」を、無料視聴できたのは意義深い。日本の古くから伝わる民話が、いかに日本人の深層心理に影響を及ぼしているかという発想は、新鮮で大きな学びになった。

ジムに通えず運動不足を解消するため、ヨガやエアロビクスの動画を活用し、体力低下を防ぐことができたのも、うれしい。

今回のように突然、行動を制限されても、その機会を有効活用するかどうかは、本人次第ではないだろうか。辛抱を強いられる時こそ、自分を磨ける気がする。

むろん、よかったことばかりではない。

秋田市の介護施設に入居している九十代の母との面会制限は、二〇二一年も続いており、無念である。例年なら、四月の母の誕生日、五月の母の日、九月の敬老の日は、妹と私、母の三人で母の部屋にて、会食やおしゃべりをゆっくり楽しむ機会であったが、二〇二〇年は全て叶わなかった。現在、同市内在住の妹は、予約制で、アクリルの遮蔽板越しに母との十分間の面会ができるようになったが、県外に住む私は許可されていない。高齢者を守るため、外部との接触を制限するというのは、理性では理解できても、心情的にはかなりの忍耐を要する。

コロナウイルスに対する考え、感じ方は一人ひとり異なる。今後もずっと続くと予想されるこの感染症に対する考え方の相違が、感染者バッシングにつながると考える。

「感染する人は自業自得だと思うか」の問いに、「自業自得だと思う」と答えた人は、米国一・四九パーセント、イタリア二・五一パーセントに比して、日本は一一・五パーセントだったという新聞記事を見た。疾病の自己責任感は国内でかなり浸透しているようだ。まずこの考え方を改めない限り、感染者バッシングはなくならないと思う。

「世間学」を専門とする現代評論家の佐藤直樹氏は、「多くの日本人は『世間に迷惑をかけるな』と育てられ、世間に波風を立てることは悪だとすりこまれている。それが誤った正義感になり、世間の同調圧力と、相互監視がかつてないほど強まっている」と、述べている。

前述の白鵬大学のＷＥＢフォーラムで、きたやまおさむ氏も、「古来の民話の由来で、日本人の深層心理には、『異類であることを恥じる意識』や、『異類に対する排除の発生論』がある」と、語っている。

二〇二〇年七月下旬まで唯一の「感染者ゼロ県」だった岩手県で、初感染者が出た時、感染者に対する誹謗中傷は深刻だった。しかし瞬時に、岩手県知事が、記者会見でそうした心ない行為は犯罪にも値するという趣旨の発言をした。この知事の発言が功を奏し、ようやく感染者に対する激しい誹謗中傷はなくなった。

コロナウイルスに誰もが感染する可能性がある当事者だということ、しかも誰もが偏見や差別の加害者や被害者にもなりうるという認識をもっと強く持ってほしい。

過去を思い出してみれば、十年前の東日本大震災被災後、私たち原発避難者も科学的根拠のない心ない嫌がらせを、たくさん経験した。

白河に引っ越してすぐ、スーパーマーケットで買い物を終え、店から駐車場に戻ると、愛車の運転席側のドアが、鋭利な刃で広範囲に傷つけられていた。「いわきナンバー」だからだと思うが、同県内であっても、こんな嫌がらせをされるのかと思うと、いたたまれない気持ちだった。

今回のコロナ差別の被害者も、当時の自分と同様、さぞ悲痛な思いだろうと、察するに余りある。

平時と違う状況だからこそ、見えてくるものがあり、悪しきことは今こそ改めるべきと、強く感じる。

いつの世も「前門の虎後門の狼」ならば、せめて「災い転じて福となす」と、言えることが少しはあってほしいものである。

第四章　いつだって、今ここから

もしあの三・一一の大震災や原発避難という思いもよらぬ出来事に出合わなければ、私たち夫婦はこれほど多くの人と知り合い、悲喜こもごもの体験ができたであろうか……。

震災前、古里富岡町で過ごした三十年間は、歯科医院を経営しながら、子供の成長と共に、私たち夫婦も社会人として多くの人脈を持ち、安寧な暮らしをしていた幸せな年月だった。

安定していた穏やかな生活が一変したのは、二〇一一年、三月十一日の東日本大震災とその後の原発避難という事態であった。あの日を境に、かつての日常が一瞬にして失われるという、壮絶な体験であった。

幸いにも、白河市で生業の歯科医院を再開でき、新たな診療所で今まで通り夫婦一緒に歯科医師としての人生を再び歩むことができた。このことが被災後の私たちにとって、何よりも貴重なものであることは言うまでもない。

偶然出会えたスタッフのひたむきな仕事ぶりに、私たち二人はどんなに救われたであろうか。

この診療室ではかつてないほど、多くの患者さんから、「先生に出会えてよかった」と言われた。

歯科医としての充足感と醍醐味を味わわせてもらったことは、何にもまさる幸いである。

今思えば、それは原発避難してきた私たち夫婦に対する、心優しい患者さんからのエールだったのかもしれない。

白河という美しく住みやすい城下町で過ごした六年の月日は、古里富岡町で暮らした三十年に比較するとあまりにも短い。けれども白河での生活もまた、富岡町で過ごしたやすらぎの暮らしに匹敵するような、貴重なものであった。

自分自身が被災者になったことで、初めて思い知らされたことが多い。かつての阪神・淡路大震災は対岸の火事としかとらえていなかった。実際当事者になってみて、たくさんの方々から支援や思いやりを受け、疲弊した心がどんなに癒やされるかを知った。

今後は私も被災後にもらった厚情を、誰かに返していかなければならないと思っている。それが直接恩をもらった人ではなく、他の身近な誰かへ恩を返していく、『恩おくり』という言葉に相当するものだと認識している。さらにそれがまた、人の優しさの連鎖になるのだと信じている。

来しかた行く末を考えて、あれでよかったのか、はたまたこれでいいのかと、何度も思案してここまで進んできた。

そんな私たちは白河での六年の暮らしに終止符を打って、古里の富岡町に近い、いわき市の地を選び、今後の住まいを用意した。これから先の残された人生に向け、新たな一歩をここから踏み出したいと考えたからである。

私は今、いわき市のこの家で、こうしている現在を思う。

もし原発避難という事態が起きなかったら、おそらく古里富岡町のあの診療室で、夫と二人で歯科医師としてまだ診療を続けていただろう……。

あの被災から、まさに身をもって知った『無常』という概念は、今までにないほど強く心に刻まれた。けれども時は決してただ流れたのではない。一つ一つの出来事に対処した体験が積み重なって、忘れ得ぬ経験という財産になったと思っている。

どんな過酷な状況に陥っても、悲痛な思いはいつか『時薬』によって忘れることができるということも体得した。

リタイアしてからは、「自分のために楽しむ時」を得たのだという思いを強くしている。

歯科医師という仕事から解放されても、私の人生はまだまだ終わらない。人生百年と言われている今、私にはまだ三十数年という時間が残されている。

やりたいことがある。やり残したことがある。そんな気持ちを大切にしていきたい。

以前から時間に余裕ができたら、水泳以外のスポーツも、思いっきり楽しみたいと、憧れていた。

今、まさにその時が到来した。

水泳のほかにヨガや、エアロビクス、ズンバ（世界の様々なダンスステップと音楽を融合させたダンスフィットネスプログラム）などの教室に参加している。

運動を始めるのに遅すぎることはないと思えるようになった。退職後、今までより運動量が格段に増えたことで、筋肉量が増え、持久力も増加し、明らかに以前に比較して身体能力が発達、上昇してきているのを自覚できるからだ。

スポーツの語源はラテン語で「楽しむ」だという。運動を楽しむと、生活の質が高まるのを感じる。今改めて、九歳の時の心臓手術によって「運動できる身体」を、手に入れたことに感謝しながら、日々、運動できる幸せをかみしめている。

目前の現実が喜びであろうが、悲しみであろうが、その時の一瞬を精一杯生きてきた。

年を重ねてきた今だからこそ、心の機微を感じ取れるようになり、様々なことを受け入れる心の広さを持てるようになってきたと、少し自負している。さらに二〇一一年の東日本大震災と原発避難という体験から、「他人事」を「我が事」のように捉えられるようになった気がする。

以前より味わいの深い、豊かさを感じさせるようなピアノの弾き方や、花の生け方、文の綴り方ができるのではないかと、今後の自分の課題にしていきたい。

「過去が咲いている今
未来の蕾でいっぱいな今」

河井寛次郎（陶芸家）

この言葉は今後も、自分を奮起させてくれるようで、今の私にとって珠玉の言葉である。

人生は様々な偶然と、幾ばくかの必然から成り立っていると思うと、今まで出会った人や出来事は、全てが自分自身の糧になり、無駄なことは一つもなかったように感じる。

十年前の東日本大震災被災直後のことを思い出してみよう。

いつも流れていた企業のテレビコマーシャルが消え、ＡＣジャパンのメッセージが繰り返し放送されていた。

あの頃のテレビのメッセージは被災者の私たちに寄り添ってくれているようで心にしみた。

しだいに各方面の自粛が解かれ、平時の日常に戻っていった。それは当然のことである。

どんなに大きな災難に遭ったとしても、状況こそ違え、人は食べ、眠り、生活していくことに変わりはない。これからも新たな出会いや災難が待ち受けているかもしれない。豊かな人生は、経験した喜怒哀楽の総量に匹敵するようにも思う。

「人生はいつだって今が最高の時なのです」という宇野千代の名言がある。

ならば人生は、「いつだって、今ここから」であろう。

あとがき

本書をお読みいただきありがとうございました。
「人は誰もが人生で一冊の本が書けるもの。
どなたの生涯にも『ドラマ』があり『物語』があります」

本書の誕生は、このキャッチコピーに心沸き立ち、文章コンクールに応募したことがきっかけです。結果は落選でしたが、出版社から拙稿を掬い上げてもらい、加筆修正して本書を完成することができました。
本書の出版が、東日本大震災からちょうど十年という節目の年になったのも単なる偶然ではなく、縁なのだと思います。

震災直後、あちこちで見聞きする言葉は、「絆」と「がんばっぺ」でした。

「絆」は、あくまでも非被災者から私たち被災者に向けられたエールの言葉だったように思います。感謝を感じながらも同時に、原発避難という特殊性から心ない嫌がらせを受けた仲間を思うと、この言葉と自分たちとの距離を少し感じずにはいられませんでした。

それに比し、「がんばっぺ」は、私たち被災者が、言葉を失うような状況で自らが発した言葉です。何とかお互いを励まし合わなければ、前向きに進めない心境を、この一言に託したのです。

なかなか思うような言葉が見つからなかったあの時、かつてないほど言葉の重みを強く感じました。だからこそ、二〇一一年の震災と原発避難の体験を、いつか必ず自分の言葉で綴ろうと思っていました。何度か挑んできましたが、あふれる感情に流され、独りよがりなものにしかできず、うまくいきませんでした。

十年という時を経て、初めて編集者という人にかかわれたことにより、自分の納得できる言葉で一冊に綴れた気がします。

親、祖先からいただいたこの命に感謝し、与えられた私の個性は唯一無二の宝と思い、今までの人生を綴り、今の自分を形づくってくれたたくさんの出会いや出来事を、言葉に宿る言霊を大切にしながら、今できる最大限の表現を心掛けて紡ぎました。

ここにおさめられたエッセイのうちのたった一つでも、誰かの心に響き、「良き出合い」になればと願いつつ、筆を擱きます。

二〇二一年三月

宮嶋　英子

著者プロフィール
宮嶋 英子（みやじま えいこ）
沖縄県生まれ、秋田県育ち
奥羽大学歯学部卒業
2017年まで歯科医師を務める
第67回福島県文学賞エッセイ・ノンフィクション部門にて奨励賞（2014年）
著書に『折々の心もよう』（私家版、2016年）がある

いつだって、今ここから

2021年6月15日　初版第1刷発行

著　者　宮嶋 英子
発行者　瓜谷 綱延
発行所　株式会社文芸社
〒160-0022 東京都新宿区新宿1－10－1
電話 03-5369-3060（代表）
03-5369-2299（販売）

印刷所　図書印刷株式会社

ISBN978-4-286-22562-3